KB272389

안녕하지 않은 날들에 대해　　　　안녕

삶의 고난은 누구에게나 반갑지 않은 손님입니다. 때로는 헤쳐나가기 힘든 험한 파고가 모든 것을 앗아가려 하고, 그 앞에서 인간은 좌절과 상실감으로 깊은 멍이 들기도 합니다. 45년간 종양내과 전문의로 일하며 몸과 마음이 극도로 상한 암 환자분들을 돕기 위해 부단히 노력해 왔지만, 여전히 모든 것이 부족하다는 느낌을 지울 수 없었습니다.

아마 이 책을 쓴 문경희 선생님 역시 저와 같은 마음으로 오랜 시간 병동을 지켜오셨으리라 생각합니다. 고백록과도 같은 이 책의 섬세한 필치는 투병 중인 모든 이에게 '생명의 기쁨'이 무엇인지 다시금 일깨워줍니다. 성경 고린도전서에서는 믿음, 소망, 사랑 중 그 으뜸이 사랑이라 말합니다. 삶의 진정한 기쁨은 사랑에 있으며, 그 사랑은 받는 것이 아니라 주는 것임을 이 책은 증명하고 있습니다.

김철수 | 인하대학교 의과대학 명예교수, 삼육서울병원 종양내과 자문의

재활의학과 전문의로 27년간 환자 곁을 지키며 배운 한 가지 진리는, 진정한 치유란 차가운 의술이 아니라 따뜻한 사람과 사람 사이의 관계에

서 일어난다는 점입니다. 문경희 작가는 간호사로서 환자를 돌보았지만, 이 기록은 오히려 환자들이 무너진 한 사람을 어떻게 다시 일으켜 세웠는가에 대한 역설적인 증언입니다.

"돌봄을 베푼다고 믿었던 시간이 사실은 내가 돌봄을 받고 있던 시간이었다"라는 작가의 고백 앞에서, 같은 의료인으로서 깊은 경외심을 느낍니다. 벼랑 끝에서도 누군가의 손을 끝내 놓지 않았던 이 진솔한 이야기가, 삶의 무게에 숨이 차오른 모든 이에게 잠시 숨을 고를 수 있는 넉넉한 여백이 되어주길 바랍니다.

민성기 | 제니스병원 원장, 재활의학과 전문의

문경희 간호사와 함께 에덴요양병원에서 암 환자들을 치료해 온 동역자로서, 이 책의 출간이 무척 반갑습니다. 25년 넘게 병동과 강연 현장에서 환자들과 동행해 온 저자는 뜻하지 않은 교통사고와 뇌종양이라는 절망을 마주했습니다. 하지만 고통의 한복판에서 '뉴 스타트'의 정신을 실천하며, 도리어 환자들을 향한 동병상련의 마음으로 암을 이겨낸 승전보를 이 책에 담았습니다. 질병의 터널을 지나는 모든 이들에게 길을 밝혀주는 눈부신 희망의 지도가 될 것입니다.

김남혁 | 전 에덴요양병원 원장, 일반외과 전문의

울림이 큰 이야기는 '끝까지 살아낸 경험'에서 나옵니다. 문경희 작가의 글이 바로 그렇습니다. 뇌종양 진단을 받은 순간의 공포와 무너진 마음, 그럼에도 다시 병동으로 향했던 그 위대한 발걸음이 이 책에 오롯이 담겨 있습니다.

이 책이 특별한 이유는 고통을 단순한 '비극'으로 남겨두지 않았다는 데 있습니다. 환자 곁에서 불러준 노래 한 곡이 누군가의 마지막을 평온하게 물들였고, 그 찰나의 순간 저자는 "나 역시 여전히 누군가에게 필요한 사람"이라는 존재의 이유를 발견합니다. 돌봄은 결국 서로를 살리는 일입니다. 이 단순하고도 고귀한 진실을, 작가는 자신의 삶을 통해 증명해 내고 있습니다.

구범준 | 〈세상을 바꾸는 시간 15분〉 대표 PD

안녕하지 않은 날들에 대해 안녕

암 병동 간호사가 기록한 삶과 죽음 사이의 이야기

문경희 지음

파람북

그날, 나는 절망에게 안녕을 배웠다

'차라리 모든 게 끝났다고 말해주었으면 좋겠다'고 생각했다. 진료실 문을 나서며 머릿속을 스친 생각은 그것뿐이었다. 하지만 의사는 끝이 아니라, 시작을 말하고 있었다. 25년 넘게 타인의 아픔을 어루만지며 살아온 간호사였지만, 그해 겨울은 잔인했다. 그동안 숱한 환자의 진단명으로만 봐왔던 '뇌종양'이라는 세 글자가, 이제는 내 이름 석 자 옆에 나란히 적혀 돌아왔다.

"앞으로 꾸준한 추적 관찰이 필요합니다."

의사의 건조한 음성과 함께 손에 쥐어진 '중증환자등록제도' 안내서는 납덩이처럼 무거웠다. 병원 밖 차가운 벤치에 털썩 주저앉았다. 죽음은 이제 타인의 서사가 아니라 나의 당면한 현실이었다. 하늘에서는 눈물 대신 마른 눈발이 흩날렸다. 갑자기 머릿속에서 째깍째깍 초침 소리가 환청처럼 들려왔다. 언제 터질지 모르는 시한폭탄을 가슴에 품은 기분이었다.

'그저 깊은 잠에 들고 싶었을 뿐인데, 왜 신께서는 나를 다시 이 벼랑 끝으로 몰아넣으신 걸까.' 내 인생은 이미 형체 없이 무너져 있었다.

당시 나는 깊은 산속 암 전문 요양병원에서 시한부 판정을 받은 환자들을 돌보고 있었다. 매일 삶의 끝자락에 서 있는 그들을 보며 '나 또한 저들과 다르지 않구나'라는 깊은 동병상련을 느꼈다.

한때 나는 사람들에게 웃음과 울음의 치유력을 설파하던 강사였다. "어떤 상황에서도 웃으세요, 울어도 괜찮습니다"라고 열정적으로 외쳤건만, 정작 내 삶이 붕괴되자 나는 웃지도 울지도 못하는 '얼음 인간'이 되어버렸다. 50년 동안 수많은 장애물을 넘으며 악착같이 달려온 결과가 이토록 처참할 줄이야. 남들이 인생의 결실을 거두는 계절에, 나는 공들여 쌓은 탑이 재가 되어 흩어지는 것을 무력하게 지켜보아야 했다. 허탈감에 숨조차 쉬기 버거웠다.

어느 무거운 퇴근길, 지하철 대기실 벽에 걸린 나태주 시인의 시 「행복」이 눈길을 붙잡았다. "돌아갈 집이 있고, 마음속으로 생각할 사람이 있고, 부를 노래가 있다면… 그게 행복이다." 읽는 순간 심장이 출렁였다. 창밖 풍경 어디에도 내 자리는 없어 보였다. 나는 그 길바닥에 주저앉아 아이처럼 엉엉 울고 말았다. 차가운 흙바닥의 냉기보다 더 시린 것은 '모든 것이 내 탓'이라는 자책이었다.

뇌종양이라는 진단은 차라리 이 모든 고통을 끝낼 정당한 명분처럼 느껴졌다. 바로 그때, 정적을 깨고 전화 한 통이 울렸다. 환자 보호자의 목소리였다.

"선생님… 제 딸이 호흡이 약해졌어요. 엄마로서 해줄 수 있는 게 아무것도 없네요. 그런데 아이가 선생님이 불러주던 노래를 듣고 싶어 해요. 혹시 녹음해서 보내주실 수 있을까요?"

내가 간호했던 환자였다. 가끔 그녀 곁에서 노래를 불러주곤 했다. 직감적으로 그녀에게 마지막이 다가왔음을 알았다. 나는 터져 나오는 울음을 삼키며 노래를 불러 보냈다. 며칠 뒤 한 통의 문자가 도착했다.

"선생님 노래를 들으며 딸이 편안하게 눈을 감았습니다. 평생 잊지 않을게요."

메시지를 읽는 순간, 나는 한참을 울었다.

다 깨지고 부서진 나의 인생도 누군가의 마지막 행복이 될 수 있었다니. 나는 여전히 누군가를 위해 노래할 수 있는 사람이었다. 그 사실이 막혀 있던 숨을 열어 주었다. 나는 처음으로 절망을 밀어내지 않았다.

도망치지도 않았다. 대신 그 자리에 가만히 서 있었다. '그래, 너도 내 삶의 일부였구나.' 그날, 나는 절망을 향해 처음으로 고개를 들었다. 그리고 처음으로 내 삶에 인사를 건넸다.

그녀에게 보낸 노래는 생전에 가장 좋아했던 〈야곱의 축복〉이었다. 노래를 부르던 순간, 나는 하늘을 향해 두 팔을 뻗고 있었다. 입술 사이로 생을 향한 "와우!"라는 말이 터져 나왔다. 그날 나는 다짐했다. 환자들의 남은 시간 속에 '와우!' 같은 따뜻한 추억을 하나씩 남겨주겠다고.

사실 이 책은 길 잃고 벼랑 끝에 서 있던 간호사의 손을 안녕하지 않은 날들을 버티던 말기 암 환자들이 오히려 먼저 잡아 준 이야기이다. 예고 없이 밀려온 쓰나미처럼 안녕하지 못한 날들을 맞은 그분들은 온 마음과 몸으로 그 시간을 통과하고 있었다.

그분들은 그 시간을 밀어내지 않았다.

안녕하지 않은 자기 삶을 원망하지도, 도망치지도 않았다. 주저하지 않고 자기 몫으로 받아들이며 아픔 속에서도 꿋꿋하게 살아냈다. 그리고 끝내 그들만의 인사로 그 시간을 건너갔다.

이 기록은 병실에서 나눈 대화와 우리가 함께 건너온 시간 속에서 시작되었다.

나는 간호사로서 지켜야 할 책임 안에서, 이름 대신 삶의 태도와 그들이 내게 남긴 말의 온기를 담았다. 그것이면 충분하다고 믿었다.

내가 만난 모든 환자들이 나를 일으켜 세웠지만, 지면상 다 담지 못해

아쉬움이 남았다. 환자들의 따스한 숨결은 얼어붙은 내 마음을 녹였다. 나는 다시 웃고 울 수 있는 사람이 되었다. 그들은 왜 살아야 하는지, 어떻게 살아야 하는지를 몸소 가르쳐준 내 인생의 스승이자 참된 치유자였다.

이 책을 시작하며 응급의 순간에서든 임종의 가장 깊은 자리에서든 서로 다른 장소에 서 있지만 같은 마음으로 사람들의 안녕을 지키고 있는 이 세상의 모든 간호사들에게 깊은 감사의 마음을 전한다.

그리고 무엇보다 고통의 한복판에서 오히려 나를 품어주고 다시 살게 해준 모든 환자들에게 이 책을 바친다. 나는 이 책을 쓰는 동안 몇 번이나 글을 잇지 못하고, 조용히 인사를 건넸다.

나를 다시 살게 해주어, 참 고마웠다고⋯. 그분들의 시간은 찰나였고, 몇 달이었고, 일 년이었다. 지금도 누군가는 희망을 전하며 상처를 품은 채 삶을 이어가고 있다. 그분들에게 주어진 시간의 길이는 달랐지만, 그 삶의 깊이는 같았다.

이제 나는 나를 살린 그분들의 삶의 조각을 세상에 나누고 싶다. 그 빛의 조각들이 지금 안녕하지 않은 시간 가운데 주저앉은 누군가에게 다시 숨을 고르고 오늘을 건너갈 작은 징검다리가 될 수 있다면, 그분들께 받은 사랑의 빛을 갚는 길일 것이다.

나는 믿는다. "누군가를 살리면, 내가 산다."

이 책은 가장 안녕하지 않았던 시간들이 내게 건넨 따뜻한 악수이다.

절망이 내게 가르쳐준 한마디 인사다.

안녕하지 않았던 날들에 대해, 나는 이제 말할 수 있다.

안녕.

〈세상을 바꾸는 시간(세바시), 15분〉 강연 영상

1장

8월이었고, 겨울이었다

충격의 암 병동 신고식

"코드 블루Code Blue!"

그 말이 병동을 가로지르는 순간, 머릿속으로는 '뛰어!'라고 외쳤지만 내 발은 차가운 바닥에 자석처럼 붙어 버렸다. 생사를 다투는 촌각의 다급함 속에 의료진의 긴박한 발소리가 병원 복도를 때리고 지나갔다. 한 생명을 붙잡기 위해 아수라장이 된 그 한복판에서, 나는 석상처럼 굳어 그저 무력하게 서 있었다. 과거 내과 병동과 중환자실을 누비며 스스로를 '베테랑'이라 자부했던 나의 화려한 첫 출근은 그렇게 시작되었다.

그해 찌는 듯한 여름, 나는 도피하듯 깊은 산속 암 전문요양병원을 찾았다. 내 삶에 예고 없이 들이닥친 균열을 감당할 길이 없어, 저 빽빽한 숲이라면 나 하나쯤은 거뜬히 숨겨줄 거라 믿었던 날이었다. 잔뼈가 굵은 간호사였기에, 새로 취직한 이곳에서 가운을 입는 순간까지만 해도 오만함이 앞섰다.

'암 병동이라고 뭐 별거 있겠어? 나 정도 경력이면 금방 적응하겠지.'

8월의 짙은 녹음에 취해있던 나의 자만은 출근한 지 딱 반나절 만에 산산조각 났다. 응급 상황으로 침대 위에 누워 거친 숨을 내뱉던 환자는, 놀랍게도 아침 산책길에서 가볍게 스쳐 지나갔던 유방암 환자였다. 얼굴과 팔에 스스로 수침을 꽂고 다니던, 조금은 엉뚱하고 무표정했던 그녀. 대화 한 번 나눠본 적 없으면서도 그녀의 기이한 행동만 보고 나는 속으로 '유별난 분'이라 쉽게 단정 지었었다.

하지만 응급처치를 위해 그녀의 옷을 들추는 순간, 나는 숨이 '턱' 막히고 말았다. 암세포는 이미 피부를 뚫고 보란 듯이 올라와 있었다. 뜨거운 마그마 같은 암 덩어리가 그녀의 상반신을 붉게 삼켜버린 듯했고, 그 환부에서 뿜어져 나오는 비릿한 냄새가 코끝을 찔렀다. 그제야 이해가 갔다. 그녀는 그저 살고 싶었던 것이다. 그 고통과 냄새를 어떻게든 견뎌보고자, 지푸라기라도 잡는 심정으로 스스로 아픈 바늘을 꽂으며 하루하루를 버텼을 그녀를 생각하니 가슴 한편이 아릿해졌다.

노련한 의료진이 기계처럼 일사불란하게 움직이며 그녀를 구급차로 이송하는 동안, 나는 그 어떤 도움도 주지 못한 채 멍하니 서 있었다. 그때 옆에 있던 동료가 툭 던졌다.

"경력 간호사로 입사하신 거 아니었어요?"

그 한마디에 얼굴이 화끈 달아올랐다. 무더운 8월의 열기 때문이었을까, 식은땀은 줄줄 흐르는데 마음은 한겨울 한복판에 서 있는 듯 서늘해졌다. 첫날의 나는 그 상황의 무게를 감당할 그 어떤 준비도 되어있지 않았다. 나이만 먹은 경력 간호사는 그저 무력한 관찰자에 불과했다. 반대로 의사와 함께 능수능란하게 응급 상황을 지휘하던 간호사의 뒷모습이 유난히 거대해 보였다.

"암 환자들은 세밀하게 관찰해야 해요. 여기 계신 분들, 대개 시한부 선고를 받고 입원하신 분들이에요. 겉은 멀쩡해 보여도 낙상, 고열, 통증 같은 응급 상황이 예고 없이 터지거든요."

그녀의 덤덤한 조언이 칼날처럼 날카롭게 내 마음을 파고들었다. 첫 근무의 충격을 안고 퇴근한 나는 가운도 벗지 못한 채 그대로 쓰러졌다. 자존심은 짓이겨졌고, 요동치는 심장을 겨우 부여잡았다. 감기지 않는 눈앞으로 그녀의 모습이 자꾸만 아른거렸다. 피부 밖으로 터져 나온 생생한 상처처럼, 내 안에서 시커멓게 타들어 가던 아픔들도 다시 고개를 들기 시작했다.

아침까지만 해도 멀쩡히 걷던 그녀는 이송된 후 끝내 돌아오지 못했다. 그날의 기록을 다시 보며 나는 비로소 알게 되었다. 그녀는 이미 고열에 시달리고 있었고 의식조차 흐릿해진 상태였다는 것을.

'매일 스쳐 지나갈 때 조금만 더 따뜻하게 인사라도 건넬걸…'

내 삶의 허물에만 매몰되어 마주쳤을 때 안부조차 묻지 못한 후회가 밀려왔다. 사람은 결코 겉모습만으로 판단할 수 없다는 그 단순한 진리를, 나는 25년의 경력을 다 걸고서야 다시 배울 수 있었다.

나는 다시 '신입 간호사'로 돌아가기로 했다. 25년이라는 경력의 무거운 갑옷을 내려놓고, 환자들의 아주 작은 호소에도 귀를 기울이는 법부터 새로 시작하기로 다짐했다. 날카로운 매의 눈으로 환자를 살피리라 마음을 다잡았다.

암 환자들에게 '내일'은 결코 당연한 선물이 아니었다. 그들의 작은 신음이 곧 마지막 외침일 수도 있다는 사실이 뼛속까지 스며들었다. 그들에게 허락된 '오늘 하루'가 얼마나 위대하고 눈부신 것인지, 나는 그제야 아주 조금씩 보이기 시작했다.

— 2

네 살 딸아이를 두고 차마 감지 못한 눈

"선생님, 우리 딸이 아직 네 살인데요…."
그 한마디가 떨어지는 순간, 병실의 공기는 돌덩이를 매단 듯 무겁게 가라앉았다. '네 살'. 아직은 엄마의 손을 놓는 법보다 잡는 법을 먼저 배워야 할, 세상 모든 것이 신기할 나이였다.

당시 나는 베테랑 간호사라는 자존심을 잠시 접어두고, 다시 신입의 마음으로 돌아가 발에 불이 나게 병동을 뛰어다니고 있었다. 무더운 8월이었지만, 매일 아침 병동에 들어서는 내 마음은 살얼음판 위를 걷는 듯 위태롭기만 했다. 생전 처음 접하는 생소한 암 진단명과 환자들의 몸에 거미줄처럼 얽힌 수많은 카테터 더미 속에서 나는 늘 초긴장 상태였다.

어느 날이었다. 환자 파악이 채 되지 않은 상태에서 인계에 들어갔다가 동료들의 날카로운 질문 앞에 그만 말문이 막히고 말았다. 나이는 나보다 어렸지만, 그곳에서 산전수전을 다 겪은 진짜 베테랑들 앞에서, 나는 수치심을 이기지 못하고 눈물을 쏟았다. 초보처럼 울어버린 나 자신이 너무도 창피해 인계가 끝나자마자 도망치듯 병동을 빠져나왔다. 일도, 인생도 모두 밑바닥부터 다시 시작해야 하는 처지가 서러워 가시방석 같은 시간들이 이어졌다. 병동에만 서면 나는 자꾸만 찌그러진 깡통처럼 작아졌고, "내 경력이 몇 년인데!"라는 말은 이제 입 밖으로 내지 못할 무거운 숫자가 되어버렸다.

그렇게 몸과 마음이 꽁꽁 얼어붙어 있던 8월, 먼 곳에서 젊은 부부가 입원 등록을 했다. 입사 후 처음으로 전담하게 된 신규환자였기에 내 손은 유난히 떨렸다. 두 사람 모두 너무도 젊고 건강해 보여 누가 환자인지 분간조차 어려웠지만, 별빛처럼 눈이 초롱초롱하던 아내가 유방암 환자였다. 서울에서 항암치료를 받는 동안 요양하기 위해 이 깊은 산골까지 찾아왔다는 부부는, 긴장 속에 업무를 익히던 내게 선물 같은 존재가 되었다. 특히 시어머니가 나와 같은 '문 씨' 성을 가졌다는 사실을 알게 된 후로 우리는 금세 가족처럼 가까워졌다.

부부는 삭막한 병실을 마치 카페처럼 아늑하게 꾸몄다. 남편은 아내에게 정성껏 차를 우려주며 "오늘은 좀 어때?"라고 다정하게 물었고, 밤낮으로 부어오른 아내의 다리를 정성껏 마사지했다. "남편분, 힘들지 않으세요?"라는 나의 물음에 그는 "아뇨, 아픈 사람이 더 힘들죠. 뭐라도 해줄 수 있어 다행입니다"라며 조용히 미소 지었다. 그 헌신적인 모습은 고통마저 뛰어넘은 하나의 풍경처럼 아름다웠다.

나의 소소한 농담에도 부부는 투박한 경상도 억양으로 "선생님은 너무 웃겨요! 선생님 덕분에 우리가 웃고 지냅니다!"라며 해맑게 반응해 주었다. 어느 날은 아내가 네 살 된 딸아이의 사진을 내밀었다. "선생님, 이 애교 좀 보세요. 나이만 먹었지 아직 손이 많이 가는 아기예요." 그 말을 내뱉는 그녀의 손이 미세하게 떨리더니 멈췄고, 나 또한 떨리는 그녀의 손을 그저 말없이 잡아줄 수밖에 없었다.

얼마 후, 병원 게시판에 "큰 사랑을 베풀어준 문경희 선생님께 감사합니다"라는 칭찬 카드가 올라왔다. 그 짧은 문장 한 줄에 쪼그라들어 있던 내 마음이 비로소 조금씩 펴지기 시작했다. 그해 여름, 눈꽃처럼 아름답던 부부는 훗날 하늘에서 다시 만나자고 기약하며 이 병원에서 처음으로 신앙을 받아들였다.

그러나 기적은 쉽게 허락되지 않았다. 거듭된 항암치료에도 아내의 상태는 급격히 악화되었다. 깊은 고뇌 끝에 남편은 연명치료 거부 동의서에 서명했고, 그 종이 한 장과 함께 병실의 시간은 멈춰 섰다. 이제는

‘살리기 위한 처치’가 아닌 ‘떠나보내기 위한 돌봄’에 집중해야 했다. 건강미 넘치던 젊은 여인의 육신이 무너져가는 과정은 내게도 너무나 생소하고 가혹한 풍경이었다. 생기가 넘치던 저 몸 안에서 도대체 어떤 모진 일이 벌어지고 있는 것일까.

웃음이 넘치던 카페 같던 병실은 순식간에 짙은 암흑 속으로 침잠했다. 환자는 가쁜 호흡과 극심한 통증 속에 식은땀을 흘리며 괴로워했고, 나는 임종의 무게 앞에서 갈 길을 잃고 당황했다. 희미해지는 그녀의 눈빛을 보며 가슴이 아파 “내가 누구죠? 힘내요. 여기 예쁜 공주님이 와 있잖아요”라며 횡설수설했다. 그때, “선생님! 환자 심전도 모니터링 확인하셨어요? 과장님께 보고는요?”라는 선배 간호사의 목소리에 정신이 번쩍 들었다. 환자의 고통 어린 눈망울에만 매몰되어 간호사로서의 냉철한 이성을 잃고 있었던 것이다. 차분하게 마지막 순간까지 책임지며 병실을 정리하던 선배의 뒷모습이 그날따라 유난히 거대해 보였다.

마침내 거친 호흡이 멎고 그녀의 몸이 차갑게 식었다. 울부짖음이 잦아든 병실은 적막한 사막으로 변했다. 그녀는 병실을 뛰어놀며 웃던 네 살 딸아이의 모습이 못내 걸렸던지 차마 눈을 다 감지 못했다. 마지막까지 아이를 눈에 담고 싶었을 그녀의 눈을 살며시 감겨주고, 하얀 시트로 정성껏 감싸 안았다. 부부를 만난 지 고작 석 달 만의 이별이었다.

천진하게 과자를 먹는 딸아이와 아내의 시신을 어루만지며 오열하는 남편 앞에서 나는 돌처럼 굳어 아무 말도 할 수 없었다. 퇴근 후에도 가운조차 벗지 못한 채 주저앉아 울었다. 양손에는 여전히 그녀의 얼굴에서 묻어난 냉기가 남아 있었고, 함께했던 따스한 시간들이 주마등처럼 스쳐 지나갔다. 나는 마치 내 가족을 잃은 사람처럼 목놓아 울었다.

죽음이 그들을 갈라놓았지만, 서로를 충분히 사랑했던 그들의 시간은 영원히 박제된 듯했다. 문득 가족으로 살면서도 남남처럼 싸늘하게 식어버렸던 나의 지난 관계들이 부끄럽게 떠올랐다. 무엇이 그토록 싫어서 나는 여기까지 도망쳐 온 걸까. 병실에서 마주한 네 살 아이의 얼굴에서 나의 아이들이 겹쳐 보였다. 훗날 내가 눈을 감을 때, 내 아이들도 나의 손을 잡으며 행복했노라고 말해줄 수 있을까. 내 삶이 힘들다는 핑계로 아이들로부터 너무 멀리 달아나 버린 것 같아 가슴이 미어졌다. 그날 밤, 나는 떨리는 손으로 아이들에게 안부 문자를 보냈다.

몇 달 후, 그녀의 남편에게서 메시지가 왔다.

"감사합니다, 선생님. 저는 매일 하나님께 그 사람의 안부를 물으며 잘 지내고 있습니다."

메시지와 함께 도착한 사진 속에는, 엄마를 꼭 빼닮은 네 살 딸아이가 세상을 다 가진 듯 어여쁘게 미소 짓고 있었다.

— 3

미안해, 유효기간이 있는 말

"나오지 마! 그래서 어쩔 건데?"

엘리베이터 앞에서 마주친 부부의 기류는 폭발 직전의 화약고 같았다. 서로를 향해 쏘아붙이는 날 선 언어와 분노를 겨우 삼킨 얼굴들. 닫히는 엘리베이터 문 사이로 흐르던 냉랭함은 마치 결코 넘을 수 없는 선이 그어진 듯한 단절의 예고였다. 나는 간호사 스테이션에서 그 뒷모습을 안타깝게 바라보았다. 그는 폐암 말기 환자로, 호흡 곤란을 이겨내기 위해 늘 이동식 산소발생기에 의지해 가쁜 숨을 몰아쉬던 분이었다.

암 병동 시스템을 어느 정도 익혔을 무렵, 수간호사님은 내게 첫 나이트(야간 근무)를 맡겼다. 20대 시절에는 하늘 같은 선배들과 함께 밤을 지새우며 고단함을 나눴고, 그때는 선배들이 곁에 있다는 사실만으로도 든든했다. 하지만 나이 들어 오랜만에 다시 시작한 암 병동에서 홀로 밤을 책임져야 한다는 것은 차원이 다른 무게로 다가왔다. "나이트 근무 혼자 못 해요"라고 말할 수도 없는 노릇이었다. 나는 그저 밤사이 환자들이 무사히 안녕하길 바라는 기도 같은 마음으로 첫 야간 근무를 시작했다.

인계를 마치고 오롯이 혼자가 되자 두 다리가 속절없이 떨려왔다. 수액 줄을 달고 산소에 의존한 환자들의 병실을 돌며 활력 징후를 체크하고, 응급 벨을 손에 쥐여 주며 신신당부를 한 뒤에야 겨우 간호사실로 돌아올 수 있었다. 낮의 활기가 사라진 암 병동의 복도는 전혀 다른 얼굴을 하고 있었다. 어둠에 잠긴 산속 병원의 밤은 유독 깊고 서늘했다. 등 뒤에서 누군가 지켜보는 듯한 오싹함에 작은 소음조차 심장을 요동치게 했다. 고요를 깨는 날카로운 전화벨 소리는 마치 죄를 묻는 신문고 소리처럼 온몸을 울려댔다.

새벽녘, 어디선가 들려오는 힘찬 닭 울음소리에 '아, 이제 밤 근무가 끝나가는구나' 하는 안도감이 밀려왔다. 하지만 산속의 시골 닭은 시도 때도 없이 울어댔고, 창밖은 여전히 짙은 어둠 속에 묻혀 있었다. 그때 동료의 조언이 떠올랐다. "선생님, 밤에 응급 상황이 터지는 일이 종종 있어요. 암 환자분들은 예측 불가거든요. 상태가 안 좋은 환자들을 잘 관찰하세요. 혹시 급한 도움이 필요하면 언제든 2층 간호사실로 연락하시고요." 불안한 예감에 이끌려 나는 서둘러 산소발생기를 사용하던 그 환자의 병실로 달려갔다.

병실 문을 연 순간, 나는 그 자리에 얼어붙고 말았다. 공기의 무게가 이미 달라져 있었다. 귓가는 먹먹해지고 심장은 터질 듯 고동쳤다. 나는 떨리는 손으로 당직 의사에게 상황을 알리고 2층 간호사실에 도움을 청했다. 어둠을 뚫고 나타나 아무 말 없이 응급 상황을 처리하고 환자의 마지막을 정갈하게 정리해주던 동료 간호사의 능숙한 손길이 없었다면, 나는 아마 그 밤의 무게에 짓눌려 무너졌을지도 모른다. 이미 연명치료 거부 서명을 마친 환자였기에, 연락을 받은 가족들은 생각보다 덤덤한 모습이었다.

'밤사이 별일 없기를.'

간호사들 사이에서 인사이자 간절한 기도처럼 통하던 그 '별일'이 하필 나의 첫 나이트 근무 때 일어났다. 끝나지 않을 것 같던 밤이 지나고, 교대하러 출근한 동료들의 "밤새 큰일 치르셨다, 정말 수고하셨다"는 격려만이 녹초가 된 내 몸과 마음을 조용히 감싸 안아주었다.

어제 엘리베이터 앞에서 아내와 격렬하게 다투던 그 환자는, 끝내 "미안해"라는 화해의 말 한마디 건네지 못한 채 아침의 하얀 시트 아래

고요히 누워있었다. 날이 밝자 아내가 울며 나타났고, 하얀 시트로 감싸인 남편의 차가운 몸과 함께 다시 그 엘리베이터에 올랐다. 그녀의 축 처진 뒷모습을 바라보며 나는 가슴이 미어지는 것을 느꼈다.

　나는 그날 처음으로 깨달았다. "미안해"라는 말에도 유효기간이 있다는 것을. 이 말은 오직 살아 있을 때만 건넬 수 있는 귀한 선물이라는 사실을 말이다. 서로에게 끝내 전하지 못한 진심은 이제 영영 닿을 수 없는 강 너머로 사라져 버렸다. 문득 그 장면이 내 삶의 어떤 단면과 겹쳐졌다. 육체는 살아 있으나 이미 관계가 죽어버려 남남보다 멀어진 사람들…. 나는 하늘을 우러러보며, 더는 전해지지 못할 마음들을 담아 그에게 조용히 읊조려보았다.

— 4

고슴도치 환자와 얼음 간호사

"난 처음 본 간호사한테 주사 안 맞아요. 원래 하던 간호사 불러주세요."
그 한마디에 얼굴이 화끈 달아올랐다. 마음속에서는 수만 가지 반박이
치밀어 올랐다. '나로 말할 것 같으면 베테랑 경력 간호사에, 특히 주사
실에서 오래 근무해서 눈 감고도 혈관을 찾는 사람인데….' 오만한 항변
이 입 밖으로 튀어나오려는 것을 겨우 참았다. 묘한 오기가 생겼다. 내 실
력을 증명해 보이겠다는 마음으로 보란 듯이 자신 있게 바늘을 찔렀다.

"앗, 아파요!"

그녀는 인상을 찌푸리며 차갑게 고개를 돌렸다. 마치 자신의 예감이 틀리지 않았음을 확인받은 사람처럼 당당해 보였다. 사사건건 트집을 잡으며 가시 돋친 언어로 자신을 방어하는 그녀 앞에서 나는 비로소 깨달았다. 내가 돌보고 있었던 것은 환자가 아니라, '환자에게 인정받고 싶어 안달 난 나 자신'이었다는 사실을 말이다.

그녀는 암세포가 척추까지 전이되어 뼈만 앙상하게 남은 채 침상에서 벗어날 수 없었던 환자였다. 그런 그녀 곁을 남편이 묵묵히 손발이 되어 지키고 있었다. 아픈 아내를 지극정성으로 돌보는 남편의 모습은 드물고도 귀한 것이었기에, 내가 남편분을 칭찬하자 그녀는 냉소적으로 대답했다.

"내가 평생 뒷바라지했으니 지금은 남편이 간병해주는 게 당연한 거 아닌가요?"

감정의 온기라고는 전혀 느껴지지 않는, 메마른 대답이었다.

그녀는 주변의 모든 호의를 차단했다. 정성껏 준비한 재활 프로그램을 설명해도 "소용없다, 하기 싫다"며 말을 잘라버렸다. 환자들이 나를 만나 마음의 벽을 허물고 환하게 웃어주는 것에 익숙했던 나는, 나를 밀어내는 그녀가 견디기 힘들 만큼 버거웠다. 그녀가 다른 환자들을 배척하고, 그 때문에 다른 이들이 그녀를 험담할 때 나는 내심 묘한 쾌감까지 느꼈다. '누워 계신 지 오래되어 예민한 거야, 내가 이해해야지'라고 스스로를 다독였지만, 그것은 진정한 이해가 아니었다. 더 이상 상처받기 싫어서 나 또한 감정을 지운 채 그녀를 대하는 '얼음 인간'이 되어가고 있었다.

그 사실을 자각하는 순간, 나는 내 안의 모습에 화들짝 놀랐다. 안아주려 할수록 더 날카롭게 가시를 세우는 사람. 그 가시 돋친 마음은 결국 스스로를 고립시키고 병실을 시베리아 같은 혹한의 공간으로 만든다. 나는 그녀를 통해 고슴도치처럼 가시를 세우고 있는 나의 민낯을 보았다.

새로운 환경에 적응하며 충분히 잘하고 있다고 착각했지만, 사실 나는 겸손한 학습자이기보다 실수를 인정하기 싫어하는 고집쟁이였다. 감사보다는 '당연한 것 아니냐'고 항변하고 싶어 했다. 타인의 가시에 찔리지 않으려고 내가 먼저 더 크고 날카로운 가시를 세운 채, 두꺼운 커튼 뒤로 숨어버린 고슴도치는 바로 나 자신이었다.

다시 시작한 병원 생활에서 내가 먼저 배워야 할 것은 숙련된 기술이 아니라 낡은 사고를 버리는 법이었다. 그녀를 처음 만난 날, 내가 내려놓았어야 할 것은 자존심이 아니라 '간호사'라는 역할 뒤에 숨은 권위였다. 그녀가 다른 간호사를 원했을 때, 나를 증명하려 애쓰기보다 그녀의 선택 자체를 존중했어야 했다. 그것은 나를 부정하는 일이 아니라 환자의 불안한 마음을 오롯이 인정하는 일이었다. 나는 비로소 내게 쓴소리를 해준 모든 상황 앞에 고개를 숙였다.

"제가 틀렸습니다. 가르쳐 주셔서 감사합니다."

그날 이후 나는 '인정'을 연습하기 시작했다. 나를 치켜세우는 달콤한 말이 아니라, 나의 부족함을 기꺼이 받아들이는 쓴 약 같은 연습이었다. 내 안의 힘을 빼자 마음의 커튼이 조금씩 열렸고, 그 틈으로 들어오는 바람이 유난히 시원하게 느껴졌다. 어느 순간부터 그녀의 병실 문이 이전보다 가볍게 열리기 시작했다. 그녀가 거부의 말을 내뱉을 때조차 끝까지 곁을 지키며 들어줄 수 있는 마음의 여유가 생겼다.

그리고 마침내 그날, 고슴도치 같던 그녀는 나를 향해 처음으로 환하게 웃어주었다.

이 땅의 소풍 끝내고, 진짜 집으로 가요

"선생님, 나는 지금 너무 행복해요! 이 땅의 소풍을 끝내고 이제 진짜 우리 집으로 가잖아요."

그녀는 50대 후반의 자궁암 환자였다. 항암제 부작용으로 손발의 피부는 허물처럼 다 벗겨져 있었고, 얇아진 살점 사이로 배어 나온 선홍빛 핏방울이 애처로웠다. 발을 내디딜 때마다 마치 날카로운 못 위를 걷는 듯한 극심한 통증에 시달렸으며, 시력마저 떨어져 두꺼운 안경 너머로 흐릿한 세상을 보아야 했다. 손가락 끝은 늘 시리고 저려 물건 하나 잡는 것조차 버거워 보였다. 객관적으로 보기에 그녀는 말기 암 환자 중에서도 가장 고통스럽고 불행한 자리에 서 있는 사람이었다.

그러나 그녀는 그 부서진 몸으로 병원의 낯선 얼굴들을 먼저 챙겼다. 불편한 걸음으로 강의실을 묻는 신규환자를 위해 강의실을 안내해 주고, 처음 암 진단을 받고 망연자실해 있는 이들에게 살뜰히 다가갔다. 항암치료의 고독한 고통에 짓눌려 음식을 넘기지 못하는 이들에게는 직접 끓인 야채죽을 건네며 위로했다. "내가 처음 항암 할 때 이 죽을 먹고 기운을 차렸어요. 힘내세요. 이 고비만 잘 넘기면 괜찮아질 거예요." 정작 본인이 가장 아픈 처지이면서도, 그녀는 제대로 걷지도 쥐지도 못하는 손발로 정성을 다해 죽을 끓여 나누었다. 타인의 아픔을 제 아픔보다 앞서 보며 "선생님, 암 환자들이 너무 불쌍해요"라고 말하며 함께 울어 주던 그녀를, 나는 "미소 천사"라 불렀다.

이 땅에서 품을 수 있는 모든 희망이 멈춰 선 상황이었지만, 그녀를 둘러싼 현실은 여전히 가혹했다. 가끔 병실을 찾는 남편은 다정함 대신 거친 고함과 압박으로 그녀를 주눅 들게 했다. 조심스럽게 "보호자 분 때문에 힘들지 않으세요?"라고 물었을 때, 그녀의 대답은 뜻밖이었다. "아뇨, 제가 미안하죠. 그 사람, 내가 아프니 마음이 힘들어서 저러는 거예요. 사실은 참 좋은 사람이에요. 괜찮아요." 그녀의 말은 가뭄으로 쩍쩍 갈라져 있던 내 심장에 내리는 소낙비 같았다. 다른 환우들과는 확연히 다른, 그 깊은 평안의 근원이 어디인지 나는 늘 궁금했다.

어느 날, 더 이상의 치료 방법이 없다는 청천벽력 같은 소식이 전해졌다. 진통제를 놓기 위해 방문한 병실 바닥에는 그녀의 갈라진 발바닥에서 흐른 핏자국이 여기저기 묻어 있었다. 나는 말 없이 그 선명한 아픔의 흔적을 닦아내며 그녀를 진심으로 위로하고 싶었지만, 어떤 언어도 그 무게를 담기엔 가벼워 보여 그저 가볍게 그녀를 안아주었다. 그때 그녀가 오히려 나를 달래듯 환하게 웃으며 말했다.

"선생님, 나는 정말 행복해요. 이제 소풍을 마치고 진짜 하나님 아버지 집에 가잖아요. 너무 감사하고 행복해요. 선생님, 정말 고마웠어요."

하나님 아버지의 집. 이 모진 고통을 허락하신 그분을 만나러 가는 길이 어떻게 소풍을 앞둔 어린아이처럼 들뜰 수 있는 것일까. 그녀는 자신을 여기까지 인도하신 신을 자랑하며 원망이나 억울함 없는 순전한 기쁨을 내비쳤다. 감사로 충만한 그녀의 빛나는 얼굴은, 삶의 깊은 터널에 갇혀 있던 나에게 한 가닥 실오라기 같은 빛이 되어주었다.

그날 나는 내 삶을 깊게 돌아보며 흔들렸다. 그동안 나는 감사하는 척, 행복한 척하며 살았을 뿐이었다. 내 삶의 모든 불행을 신의 탓으로 돌리며 화살을 쏘아대기에 바빴던 시간들. 땅만 보고 걷던 내가 오랜만에 하늘을 올려다보았다. '그분도 나 같은 사람을 참아주시느라 참 수고 많으셨겠구나.' 처음으로 원망이 아닌 이해의 말이 내 안에서 흘러나왔다.

얼마 후, 그녀의 남편이 두 손 가득 실내화를 들고 나를 찾아왔다. "아내가 간호사님들 신으실 편한 실내화를 선물하라고 미리 준비해 뒀습니다. 그동안 감사했습니다." 그녀는 마지막 순간까지 나를 울렸다. 6년이 지난 지금까지도 나는 그 실내화를 소중히 간직하고 있다. 일상의 감사가 무뎌질 때마다 나는 다시 그 실내화를 신어본다. 그리고 하늘을 향해 그녀에게 묻는다.

"그곳에서의 소풍은 어떠세요? 여전히 행복하신가요?"

6

지금, 여기가 뉴질랜드라구요?

얼굴에 근심이 가득한 환자 한 분이 내 앞을 지나가고 있었다. 한눈에 보기에도 갓 입원한 신입 환자의 서먹함과 긴장이 고스란히 느껴졌다. "좋은 아침입니다!" 나의 밝은 인사에 그녀는 "아, 네… 감사합니다"라며 조심스레 대답을 건넸다. 중년의 그녀는 병원 치료 프로그램부터 소소한 행사까지 궁금한 것이 참 많아 보였고, 나는 내가 아는 범위 내에서 차근차근 설명을 이어갔다.

"몇 호에 입원하셨어요?" "2층에 있어요." 며칠 전 입원했다는 그녀는 내 담당 병동 환자는 아니었지만, 이 깊은 산골까지 오게 된 사연이 내심 궁금해졌다. "저도 얼마 전, 이 병원에 일하러 왔어요. 우리 똑같은 8월에 이곳 생활을 시작했으니 병원 동기네요!" 나의 싹싹한 농담에 잔뜩 얼어있던 그녀의 얼굴이 비로소 활짝 펴졌다.

그녀에게는 오래전부터 간직해온 꿈이 있었다. 언젠가 TV에서 본 뉴질랜드의 이국적인 풍광에 반해 그곳을 직접 여행하는 것이었다. 그녀는 그 꿈 하나를 등불 삼아 고단한 삶의 무게를 견뎌왔다. 친구들과 곗돈을 모으는 재미에 푹 빠져 살았고, 통장의 숫자가 불어날수록 뉴질랜드는 손에 잡힐 듯 현실로 다가오고 있었다. 그러나 평생 성실히 살아온 보상은 가혹했다. 계획했던 꿈은 한순간에 물거품이 되었다.

건강검진에서 폐암이 발견된 것이었다. 급히 수술대에 올라야 했고, 여행을 위해 애지중지 모아둔 곗돈은 모두 병원비로 쏟아부어야 했다. 악화된 건강은 뉴질랜드를 이제 영영 닿을 수 없는 꿈의 영토로 밀어내버렸다. 그녀는 고개를 숙였다. 간절히 꿈꾸던 삶이 무너질 때만 새어나오는 길고 무거운 한숨이 그녀의 입술 사이로 흘러나왔다. 그 한숨의 무게를 가슴으로 느끼며 나는 어렵게 입을 뗐다.

"얼마나 허망하셨어요. 정말 힘드셨겠어요. 실은 저도 몇 년 전에 세계여행을 다녀왔거든요. 그중에서도 뉴질랜드가 단연 최고였어요. 남섬에서 북섬까지 차를 빌려 구석구석 다녀봤는데, 그 풍광은 때 묻지 않은 어린아이처럼 순수해서 감히 말로 다 표현할 수 없지요. 그런데요, 한국에도 뉴질랜드 못지않은 곳이 있어요.”

“아! 선생님, 한국에 그런 곳이 있다고요? 어디요?”

그녀의 눈이 번쩍 뜨였다. 나는 손을 들어 주변을 가리키면서 자신 있게 말했다. “바로 지금 여기요! 병원 입구부터 우리를 둘러싸고 있는 이 웅장한 축령산맥이 뉴질랜드의 풍경과 꼭 닮았거든요. 이곳에서 지내다 보시면 분명 그 매력에 빠지실 거예요.”

나는 뉴질랜드 여행 사진들을 보여주며 말을 이었다. “제가 다녀온 세계여행 이야기를 책으로 쓰고 있거든요. 완성되면 제일 먼저 선물해 드릴게요. 그러니 열심히 치료받으시면서, 이곳에 여행 온 것처럼 즐겁게 지내보세요.” 그녀가 고개를 들었다. 휘둥그레진 눈빛과 목소리에 다시금 설렘의 빛이 채워졌다.

사실 나에게도 여행에 대한 꿈이 있었다. 온 가족이 여행을 통해 서로의 상처를 치유하고 하나가 되는 꿈. ‘길이 학교다’라는 믿음으로 시작한 긴 여정이었지만, 결과는 참담했다. 함께하려고 시작한 여행이었지만 우리의 마음은 더 선명한 평행선이 되고 말았다. 갈등과 상처만 남긴 채 돌아온 그 길은 차라리 꿈꾸지 않았더라면 좋았을 후회로 남았다. 모든 꿈이 부서졌을 때 내 안에는 지워지지 않는 죄책감이 괴물처럼 남아 있었다.

그런데 그녀를 만나고서야 깨달았다. 나는 누군가가 그토록 간절히 원하던 꿈을 대신 이루고 온 사람이라는 것을. 어쩌면 그녀를 위로하기 위해, 내가 먼저 그 먼 땅 뉴질랜드를 다녀왔던 것인지도 모른다. 그 조각난 시간들이 결코 쓸모없는 방황이 아니었다는 생각에 갑자기 눈시울이 붉어졌다. 여행 사진 속에서 비로소 환하게 웃고 있는 나 자신을 발견한 것은 그때가 처음이었다.

그녀는 건강을 차츰 회복하더니, 몇 년이 지난 지금까지도 '한국의 뉴질랜드'에서 충만한 삶을 누리고 있다.

"선생님, 이번에 병원에서 작은 밭을 얻어 호박을 키워봤어요. 한번 맛보세요."

"어머, 이 맛은 영락없는 한국의 호박 맛인데요?"

"하하하!"

우리는 함께 크게 웃었다. 늘 '최선'이라는 정답만을 향해 숨 가쁘게 달려왔지만, 최선이 무너진 자리에서 만난 '차선'의 풍경이 때로는 더 눈부시다는 것을 이제는 안다. 우리의 웃음소리가 산 너머까지 맑게 울려 퍼졌다. 내년에는 그녀가 내가 좋아하는 토마토를 심으실까? 벌써부터 기분 좋은 기대가 차오른다.

7

산소발생기를 달고 차린 마지막 밥상

"소띠?"

그 한마디에 우리는 약속이라도 한 듯 단숨에 친해졌다. 동갑내기인 그녀는 집에 아들만 셋을 키운다며 배시시 웃었다. 한 명은 큰아들 같은 남편이고, 나머지 둘은 진짜 아들들이라 덧붙이는 그녀의 얼굴에 장난스러운 미소가 번졌다.

그녀는 대장암에서 시작된 암세포가 폐까지 전이된 상태였다. 폐로 병마가 옮겨간 뒤로는 조금만 움직여도 숨이 가빠와, 그토록 그리운 집에도 마음 편히 갈 수 없다고 했다. 어느덧 공기 맑은 산속 요양병원이 그녀에겐 집을 대신하고 있었다. 아침마다 병실 문을 열면, 그녀의 커다란 눈가에는 늘 보이지 않는 눈물이 맺혀 있는 듯했다. 동갑내기라는 동질감 때문일까, 수많은 환자 중에서도 유독 그녀에게 마음이 더 쓰였다.

어느 날, 그녀가 나를 보며 나직이 말했다.

"선생님은 아프지 않아서 참 좋겠어요. 아이들을 직접 돌볼 수 있어서 정말 부러워요. 나는 암 선고를 받고 몇 년 동안 아들들을 전혀 챙기지 못했거든요. 오히려 아이들이 나를 돌봐주고 있으니… 항상 미안할 뿐이에요."

나는 그녀를 위로했지만, 사실 그 말을 듣는 순간 가슴 한구석이 날카롭게 베이는 듯했다. '나? 사실 내 웃음은 다 거짓말이에요. 내 마음도 온통 멍이 들어서 비명을 지르고 있거든요. 이제는 엄마 노릇 하는 게 버거워서 다 포기하고 싶어요. 길을 잃었어요. 내 영혼은 이미 죽어 있는걸요.' 속으론 이런 비명이 터져 나왔지만, 나는 그저 입을 꾹 다문 채 쓸쓸한 미소만 지어 보였다.

그녀와 아들들 사이에는 암이라는 거대한 장벽이 놓여 있었지만, 그녀는 매일 문자로 그 벽을 사뿐히 넘고 있었다.

"엄마가 지금 너희 곁에 있지는 못하지만, 내 마음은 매 순간 너희와 함께 있단다. 너희들이 엄마 아들이어서 정말 자랑스러워. 고맙고, 보고 싶구나. 오늘도 파이팅!"

아들들과 주고받은 문자를 보물처럼 보여주며 우는 그녀는, 아이들 생각만으로도 하루 24시간이 부족해 보였다. 반면 나는 상처받은 내 아이들에게 차마 그런 다정한 문자를 보내지 못했다. 마음의 문을 닫아버린 아이들에게 다시 거절당하고 상처받는 게 두려워, 나는 어느새 이기적인 엄마가 되어 어둠 속으로 숨어버리고 말았다.

아픈 몸으로도 가족과 온 마음을 나누며 행복해하는 그녀를 보며, 우리 가족의 깨진 조각들이 떠올라 가슴이 미어졌다. 역설적이게도 나는 간호사인 내가 돌봐야 할 환자를 통해 자녀와 마음을 나누는 법을 배우고 있었다.

"둘째 아들이 이번에 수능 시험을 봐요. 맛있는 거 좀 해주려고요."

호흡이 불편해 산소발생기를 분신처럼 달고 살면서도, 그녀는 굳이 아들을 위해 외박을 나가겠다고 고집했다.

"도시에 한 번 나갔다 오면 기침도 심해지고 숨쉬기 더 힘들어지는데, 이번엔 그냥 안 가시는 게 어때요?"

걱정스러운 마음에 만류해 보았지만, 그녀의 의지는 단호했다.

"괜찮아요. 큰아들 때는 수술받느라 못 챙겨줬거든요. 이번이 둘째에게 해줄 수 있는 마지막 밥상일지도 모르잖아요. 내 손으로 따뜻한 밥 한 끼는 꼭 먹여 보내고 싶어요."

나는 외박을 나가는 그녀의 손에 짧은 메시지 카드와 합격을 기원하는 마카롱 선물을 쥐여 주었다. 멀어지는 그녀의 뒷모습에서 나는 암세 포보다 더 무섭고 강인한, 엄마라는 존재의 ‘마지막 사랑’을 보았다.

늘 진심을 전하려 애쓰는 그녀의 가족들을 보며, 잠들어 있던 나의 모성애도 조금씩 기지개를 켜기 시작했다. 사랑이란 어떤 절망적인 상황 속에서도 끝내 ‘사랑받았던 기억’을 남겨주는 일임을 그녀를 통해 배운 것이다. 나는 비로소 내 아픔 속에만 매몰되어 있던 발걸음을 떼어 용기를 내기로 했다.

그 길로 병원 사택을 신청했고, 오랜 기다림 끝에 승인을 받았다. 그리고 아이들에게 떨리는 마음으로 문자를 보냈다.

“비록 우리 집은 아니지만, 엄마가 있는 병원 사택에 들어갈 수 있게 되었어. 깊은 산속이라 불편한 점은 많겠지만, 너희들만 괜찮다면 우리 다시 함께 지내면 어떨까?”

아이들이 다시 웃음을 되찾는 그 날까지, 그녀에게 배운 모성애를 찬찬히 연습해 보기로 했다. 나는 그렇게 산속의 작은 방에서, 조심스레 다시 ‘엄마’로서의 첫걸음을 떼어 본다.

8

나의 상처가 누군가에겐 응급 처방전이 될 때

"선생님! 저 얼굴 빨갛지요? 열이 있나 체크 좀 해주세요."

얼굴은 금방이라도 터질 듯 뻘겋게 상기되어 있었지만, 체온계의 숫자는 정상이었다. 대신 혈압은 평소보다 높게 치솟아 있었고 맥박은 거칠게 날뛰었다. "무슨 일 있으세요? 마음이 몹시 불편해 보여요." 나의 물음에 그녀가 깜짝 놀라 되물었다. "어? 선생님, 어떻게 아셨어요?" "얼굴이 이미 다 말해주고 있는걸요. 투병 중에는 마음의 평안이 무엇보다 중요해요. 도움이 필요하면 언제든 말씀하세요."

그녀는 교직에 몸담았던 선생님이었다. 매사에 수학 공식처럼 정확했고, 과학 이론처럼 논리적이었으며, 빈틈 하나 없이 단정하고 단아한 젊은 여성이었다. 그런 그녀에게 어느 날 불쑥 유방암이 찾아왔다. 수술 후 신체적 변화라는 커다란 상실을 안고 투병 중이던 그녀는 "암 덕분에 인생에서 처음으로 쉴 수 있게 됐어요"라고 말하곤 했지만, 그 쉼은 늘 거친 파도 위에서 아슬아슬하게 서핑을 하는 것처럼 위태로워 보였다. 나는 그런 그녀를 늘 안쓰러운 마음으로 지켜보고 있었다.

어느 날, 그녀가 가슴속에 꾹꾹 눌러왔던 고백을 터뜨렸다. "선생님, 저는 나쁜 엄마예요. 아이들에게 상처를 너무 많이 줬거든요. 아이들이 저 때문에 이상해진 것 같아 괴로워요. 그런데도 저는 자꾸 화가 나요. 내 마음대로 안 되는 아이들로부터 도망쳐서 이곳에 오니 이제야 살 것 같아요."

그녀의 몸은 집을 떠나왔지만, 마음은 여전히 '원격'으로 연결되어 고통받고 있었다.

"힘든 일이 정말 많았군요. 하지만 아이들에게 상처를 줬다고 자책하는 엄마는 결코 나쁜 엄마가 아니에요. 나는 내 마음대로 안 된다는 걸 쉰 살이 되어서야 깨달았는데, 이 젊은 나이에 그걸 알았다니 당신은 정말 좋은 엄마예요. 혹시 아이들에게 엄마의 진짜 속마음을 전해본 적 있나요?"

그녀는 그동안 아이들에게 화만 냈노라 고백하면서도, 말 안 듣는 개구쟁이들의 사진을 보여줄 때는 입이 마르도록 장점을 자랑했다. 그녀는 영락없는 '엄마'였다. "비록 몸은 멀리 있지만, 자녀를 위해 기도하면 그 진심이 반드시 전달된대요. 괜찮다면 제가 같이 기도해 드릴까요?" 기도는 처음이라며 수줍게 고개를 끄덕인 그녀와 함께, 우리는 아이들의 이름을 하나하나 부르며 간절히 기도했다. 기도가 끝나자 그녀는 참았던 울음을 펑펑 쏟아냈고, 나는 그녀의 손을 토닥이며 조용히 병실을 나왔다. 그날 이후 그녀는 혼자서도 아이들의 이름을 부르며 축복 기도를 시작했다.

그러던 어느 날, 얼굴이 다시 빨갛게 달아오른 그녀가 내게 외쳤다. "선생님! 저 지금 이혼 도장 찍으러 나가는 길이에요. 오늘은 반드시 끝을 낼 거예요!" 그녀는 결혼 생활 내내 겪었던 시월드와의 갈등과 그 사이에서 방패가 되어주지 못한 남편에 대한 분노를 쏟아냈다.

"와! 정말 그랬어요? 세상에, 이혼하고 싶을 정도로 힘들었겠네요! 그건 말도 안 되죠! 나 같아도 열불이 나겠어요. 정말 그 시간 버티느라 힘들었겠어요."

나는 그녀의 편이 되어 함께 분노했다. 울고 소리치는 그녀의 곁에서 이야기를 묵묵히 들어준 후 그녀의 눈을 가만히 응시하며 입을 열었다. "사실은… 나도 그 힘든 과정을 다 겪어본 사람이에요." 내 눈시울이 붉게 충혈되자, 그녀의 눈이 동그래졌다. 요동치던 그녀의 심장 소리가 어느덧 잔잔한 미동으로 바뀌었다.

영혼을 어루만지는 깊은 공감 끝에, 그녀는 그날 이혼 도장 대신 '퇴원 도장'을 찍었다. 그녀가 떠난 빈 병실을 지날 때마다 소식이 궁금해지던 차에 반가운 문자가 도착했다. "아이들과 함께 행복해지기로 하길 잘했어요. 아이들에게 둘러싸여 있으니 이제야 마음이 편하네요. 고맙습니다."

그녀는 퇴원 후 살던 집을 정리하고, 타인의 간섭을 받지 않는 곳으로 이사했다. 이제는 남편, 아이들과 눈을 맞추며 온전히 가족에게만 집중하고 있다고 했다. 더 놀라운 것은 최근에 보내온 메시지였다. "누군가를 살리면 나도 사는 곳, 그곳이 바로 천국이잖아요!" 자녀를 위한 첫 기도를 함께했던 그녀는 어느새 신앙도 깊어져 있었다. 그녀는 역시나 참 좋은 엄마였다.

멀리 남쪽 나라에서 그녀의 소식이 바람결에 전해올 때면, 나의 아픔도 누군가에게는 '응급 처방전'이 될 수 있다는 사실에 나직한 미소가 지어진다. 내가 살기 위해 버텨온 그 쓰라린 상처가 누군가를 살리는 약이 될 수도 있다는 것을 나는 그날 처음 알았다.

비로소 나의 상처가 달리 보이기 시작했다. 거친 파도 위에서 서핑을 하던 내 마음도 고요하게 가라앉았다. 그녀를 향해 건넸던 위로의 말들은 결국 나 자신에게 평안을 주는 상담이 되어 돌아왔다. 나는 이 놀라운 생의 비밀에 조금씩 눈을 뜨기 시작했다.

나를 웃게 한 '뇌종양 진단서'

"뇌종양입니다. 사이즈가 작고 위치가 깊으니, 산정특례 등록하고 추적 관찰합시다."

그 지독했던 인생의 겨울을 견뎌내고, 계절이 몇 번 더 무너진 뒤에 찾아온 선고였다. 그해의 한겨울은 봄이 오는 것조차 허락하지 않으려는 듯 유난히 완고했다. 꽃샘추위가 기승을 부리던 그때, 나는 마음을 녹일 틈도 없이 또 다른 겨울을 맞아야 했다. 숨 고를 틈조차 없었던 지난날들을 떠올리면, 사실 몸에 병이 나지 않는 게 더 이상할 정도였다.

나는 어린 시절부터 무너지지 않기 위해 스스로를 채찍질하며 일으켜 세워야 했던 아이였다. 열심히 앞만 보고 달리면 괜찮을 줄 알았는데, 어느 순간 내가 지키고 싶었던 가정과 모든 관계가 모래성처럼 주저앉았다. 내 뜻대로 되는 일이 하나도 없다는 사실을 깨달았을 때, 나는 더 이상 살 의미를 찾지 못했다. 내가 받지 못한 사랑과 보호를 아이들에게 만큼은 다 주리라 결심하며 내 틀 안에서 사랑을 퍼부었지만, 그것이 도리어 아이들에게 깊은 상처가 되었음을 뒤늦게 알았다.

모든 것이 내 탓이라는 지옥 같은 죄책감에서 벗어날 길이 없었다. 누군가는 흔한 일이라며 괜찮다고 위로했지만, 나에게는 생살을 뜯어내는 듯한 고통이었다. 나는 죽을 만큼 아파서 갑자기 무너진 게 아니었다. 아이를 키우며, 혼자 버티며, 홀로 견디며 내 마음은 이미 오래전부터 서서히 죽어가고 있었다.

스스로 생을 놓아버리는 것은 아이들에게 또 다른 주홍글씨를 남기는 일 같아 차마 할 수 없었다. 그때 만난 '뇌종양'이라는 진단은 역설적이게도 나를 웃게 했다. 이 진단서가 나의 고단했던 삶을 타당하게 정리해 줄 마지막 대리인처럼 느껴졌기 때문이다. '아파서 그랬던 거야, 힘들어서 병이 난 거야'라고 세상에 말할 수 있는 면죄부를 얻은 기분이었다.

그날 이후, 죽음은 더 이상 환자들의 전유물이 아닌 나의 당면한 서사가 되었다. 환자들이 겪어온 절망의 과정을 나는 온몸으로 통과했다. 어떤 날은 차 안에서 짐승처럼 울부짖었고, 어떤 날은 길거리에서 넋 나간 사람처럼 웃었다. 정상과 비정상의 위태로운 경계에 서서, 나는 대학병원을 전전하며 내 병명을 확인하고 또 확인했다.

대형 병원 대기실에서 명의를 기다리는 동안, 내 곁에 앉은 환자들의 얼굴이 비로소 겹쳐 보였다. "선생님, 대기실이 완전히 도떼기시장 같았어요. 왜 이렇게 아픈 사람이 많죠?"라며 지쳐 돌아오던 환자들의 무표정이 그제야 가슴 깊이 이해되었다. 서울까지 오가는 고된 여정 끝에 병실에 쓰러지던 그들의 고단함이 내 몸의 감각으로 전해졌다.

진단을 받았지만, 병동 근무를 곧장 그만둘 수는 없었다. 그런데 진단서의 위력은 대단했다. 내가 곧 죽을 사람이라도 된 양 주변 사람들은 갑자기 따뜻한 눈길을 보내왔고, 누군가는 어색한 화해의 손길을 내밀기도 했다. 뇌종양의 위험성을 경고하는 이부터 천차만별의 위로 방식을 접하며 나는 인간사의 백태를 경험했다.

그러던 어느 날, 암세포가 뇌로 전이된 환자가 하루아침에 의식을 잃고, 사지를 쓰지 못하게 된 모습을 목격했다. 그는 내가 담당했던 환자였다. 멀쩡하게 걸어 다니던 환자였는데 순식간에 자신이 누구인지, 여기가 어디인지조차 모르는 환자 앞에서 나는 겉으론 태연한 척했지만, 마음속으로는 공포에 떨었다. '아이들이 독립하기도 전에 내가 한순간에 잠들어 버리면 우리 애들은 어떡하지?' 무서움을 삼키고 울음을 삼켰다. 행복만 주고 싶었는데 아픔만 남기고 떠날까 봐, 그게 너무 두려워 가슴이 미어졌다.

'추적 관찰'이라는 단어는 속절없는 불안과 두려움의 연속이었다. 머릿속에서 째깍째깍 초침 소리가 들리는 것 같았다. 언제 터질지 모르는 시한폭탄을 품고 살아가며, 나는 비로소 내 앞에 선 환자들의 위대함을 보았다.

내 평생 가장 잘한 일이 간호사가 된 것이었다. 가운을 처음 입었을 때 내 삶은 가장 눈부시게 빛났다. 간호사로 일하다가 갑자기 의식을 잃는다면, 그것이야말로 내게 가장 영광스러운 마무리가 아닐까 생각했다. 끝까지 환자들 곁에 머물며 그들의 남은 시간과 나의 남은 시간을 따뜻한 온기로 채우고 싶어졌다.

내가 변해서일까, 세상이 이전보다 아름답게 보였다. 환자들이 내뱉는 감사의 언어와 기쁨의 고백들이 그제야 마음으로 읽혔다. 죽음을 준비하는 삶은 들꽃들이 스스로를 태워 불꽃이 되어가는 장엄한 과정 같았다.

그날부터 나는 진료를 받으러 나가는 환자들의 손에 영양 음료나 현미 와플을 쥐여 주며 응원했다. "병원이 멀어 허기지면 안 돼요. 좋은 소식 가져오세요. 파이팅!" 병원으로 돌아오는 이들에겐 "무사히 다녀오셨어요? 고생 많으셨어요. 얼른 가서 쉬세요"라며 정성을 다해 맞이했다. 환자들은 나의 작은 배려에도 깜짝 놀라며 진심으로 고마워했다. 눈이 많이 오는 날이면 그들의 안전을 위해 가슴 졸이며 기도했다. 이 모든 것은 내가 직접 아파보지 않았다면, 그 막막한 진료의 길을 걸어보지 않았다면 결코 할 수 없는 일들이었다.

이제 환자들이 진정으로 원하는 것이 무엇인지 보이기 시작했다. 함께 노래하고 기도하는 순간, 그들이 쏟아내는 눈물과 콧물 섞인 감사가 곧 나를 살리는 특효약이었다. 나는 환자들이 주는 기쁨을 마음껏 먹으며 하루하루를 채워 나갔다.

'내일 일은 난 몰라요, 하루하루 살아요.'

입가에서 저절로 노래가 터져 나오는, 눈부신 순간들이었다.

2장

시린 발끝에 피어난 봄

— 1

지팡이로 다시 서신 '소녀 어르신'

"아침 해가 누굴 위해 뜨는지… 부는 바람이 누굴 위해 부는지… 날마다 뜨는 저 태양처럼 변함없는 주의 사랑이…."

주사를 놓은 뒤, 나는 어르신의 두 손을 꼭 붙잡고 나직이 노래를 불러 드렸다. 70대 후반의 고운 어르신이었다. 평생을 자녀와 남편 뒷바라지에 쏟고, 교회에 헌신하며 살아온 열정적인 신앙인이었다. 둘째 아들을 목회자로 키워낼 만큼 정성이 깊은 분이었으나, 지금 그녀는 뼈까지 전이된 암으로 걷기는커녕 밤새 통증에 신음하며 잠 한숨 이루지 못하고 있었다.

무엇보다 품위 있던 그녀를 무너뜨린 것은 대소변을 침상에서 해결해야 한다는 치욕스러운 현실이었다. 가을 낙엽처럼 바스라질 듯 위태로운 얼굴로 내 노래를 듣던 어르신의 눈에서 눈물 한 방울이 또르르 떨어졌다. 진통제로 육체의 통증은 잠재웠을지 몰라도, 가슴 깊은 곳에서 타오르는 '하나님을 향한 원망'이라는 통증은 꺼트릴 길이 없었다. 그녀는 그저 침상에 누워 죽을 날만 기다리는 사람처럼 보였다.

공무원으로 정년퇴직한 남편은 모든 일에 빈틈이 없었다. 그는 "아내가 평생 나를 내조했으니 이제는 내가 돌볼 차례"라며 암에 좋다는 온갖 요법을 공부하고 지극정성으로 간호했다. 그러나 그것은 아내의 마음을 묻지 않은 일방적인 정성이었다. 소녀 같던 어르신은 은퇴 후 남편과 함께 찬양대 활동을 하며 평화로운 노년을 보내고 싶었으나, 갑작스러운 암은 그 소박한 꿈마저 앗아가 버렸다.

"어르신, 찬양하고 싶으셨어요? 그럼 우리 병실에서 같이 찬양대를 만들까요?"

그때부터 투약이나 회진 시간이 되면 나는 꼭 그녀의 손을 잡고 찬양을 불렀다. 침상에 누워 진짜 찬양대원이 된 것처럼 우리는 마음을 담아 노래했다. 가족을 위해 조용히 삶을 바쳐온 그녀에게, 사실 '자신의 삶'이란 없었다. 침묵하며 인내하는 아내에 비해 남편은 쉴 틈 없이 자신의 생각과 방식을 쏟아냈고, 병상에 누운 아내는 죽어가는 순간까지도 그 방식에 자신을 맞춰야 했다.

매일 같은 찬양을 부르던 어느 날이었다. 변함없이 뜨는 해, 나뭇가지를 흔드는 바람, 지저귀는 새들의 노래…. 이 모든 것이 사실은 하나님이 '나'를 위해 예비하신 선물이었음을 그녀가 가슴으로 느낀 순간이 왔다. 그날 그녀는 폭포수 같은 눈물을 쏟아냈다. 그것은 세상 그 어떤 약보다 강력한 진통제였다. 비로소 그녀의 얼굴에 평안이 깃들었고, 내 손을 잡으며 고백했다.

"나를 살린 찬양을 알려줘서 고마워요."

조금씩 진통제가 줄어들었고, 워커에 의지해 걷기 연습을 시작했다. 휠체어를 타고 밖으로 나가 자신을 향한 신의 사랑이 가득한 자연을 만끽했다. 그녀의 얼굴은 이제 죽음조차 그 사랑으로부터 자신을 갈라놓지 못한다는 확신으로 빛났다.

그러던 어느 날, 곁에서 끊임없이 잔소리하던 남편을 향해 그녀가 외쳤다.

"당신, 그 입 좀 닫아요! 나도 숨 좀 쉬게!"

나는 깜짝 놀라고 말았다. 평생을 순종하며 살던 소녀 같은 어르신이 자신을 그렇게 거칠게 표현하는 모습은 처음이었기 때문이다. 남편 또한 아내의 호통에 당황한 기색이 역력했고, 그날 이후 은근히 아내의 눈치를 살피기 시작했다. 어르신은 본인이 얼마나 소중한 존재인지 깨달고 나니 비로소 제 목소리를 낼 용기가 생겼다고 했다.

몇 달간의 투병 생활 끝에 그녀는 그토록 그리워하던 집으로 돌아가게 되었다.

"선생님, 정말 고마웠어요. '널 위해'라는 찬양이 나를 살렸어요. 절대 잊지 않을게요."

"제가 오히려 행복했어요. 같이 노래 불러주셔서 제가 더 감사합니다."

그로부터 몇 달 후, 다른 환자분이 사진 한 장을 보여주었다.

"선생님, 이 언니가 안부 전해달래요. 세상에, 통증 때문에 걷지도 못했던 사람이 남편이랑 산책을 하고 있대요. 놀랍지 않아요?"

사진 속에는 구급차에 실려 퇴원했던 소녀 어르신이 지팡이를 짚고 당당히 서서 환하게 웃고 있었다. 함께 손잡고 찬양하던 시간들이 주마등처럼 스쳐 지나갔다. 마치 사진 속 그녀가 내게 다시 노래를 불러주는 것 같았다.

엉망이 되어버린 내 인생도, 사실은 보이지 않는 손길이 여기까지 돌보고 계셨음을 나 또한 깨닫는다. 아침 해와 바람, 새소리…. 이 모든 것이 나를 위한 선물이었음을 나 역시 비로소 느끼게 된 것이다. 그녀가 자신의 존재를 깨달았을 때 기적이 시작된 것처럼, 나에게도 변화가 찾아왔다.

길고 짧게 사는 것은 중요하지 않았다. 내가 누구인지, 내가 진정 무엇을 원하는지 알게 되는 그 찰나가 이미 기적이었다. 사진을 보며 나는 정신이 번쩍 들었다. 나는 간호사였고, 엄마였으며, 누군가의 동생이자 누나였다. 하지만 그 이전에 나는 오롯이 '나'였다.

지팡이를 잡고 서서 환하게 웃는 사진 속 그녀의 손을 잡고, 마음속으로 나도 다시 노래를 부르기 시작했다.

아내가 젓가락으로 콩을 집었어요!

"선생님! 아내가 젓가락으로 여러 차례 시도하더니, 오늘 드디어 콩을 집어 올렸어요!"

남편분의 흥분 섞인 목소리에 나는 내 일처럼 기뻐하며 감격의 박수를 보냈다. "와! 정말 고생 많으셨어요. 정말 대단하세요!"

이 부부는 젊은 시절 미국으로 건너가 남편은 목회자로 활동했고, 아내는 그곳에서 오랜 세월 간호사로 일하며 교민들에게 어머니 같은 존재였다고 했다. 평소 누구보다 건강했던 그녀였지만, 인생의 황혼기에 예고 없이 찾아온 뇌혈관질환은 모든 것을 앗아갔다. 암은 몇 개월이라도 삶을 정리할 시간을 주기에 환자들이 남다른 감사를 고백하곤 하지만, 뇌혈관질환은 하루아침에 전혀 다른 사람을 만들거나 작별 인사조차 허락하지 않은 채 생의 기능을 정지시키기도 한다.

그녀는 순식간에 와상 환자가 되었다. 눈앞의 가족을 알아보지 못했고, 스스로 음식을 삼키는 법조차 잊어버려 복부에 관을 삽입해 영양분을 주입해야 했다. 일상은 멈췄고, 언제 깨어날지 기약 없는 긴 밤이 시작되었다. 시간이 흐를수록 그녀의 몸에는 욕창의 깊이와 숫자가 늘어만 갔다. 그러나 이상하게도 그 병실에는 어둠과 슬픔이 머물 틈이 없었다.

남편은 매일 정성껏 아내의 침대를 창가로 옮겨 놓았다. "여보, 오늘이 몇 월 며칠이야. 오늘 해가 떴네, 비가 오네. 당신 좋아하는 노래 틀어놨으니 같이 듣자." 때로는 아내의 시선이 머무는 곳마다 평소 그녀가 아끼던 사진들을 붙여두었다. 마치 그녀가 여전히 보고, 듣고, 느낄 수 있다고 확신하는 사람처럼 말이다. 미국에 있는 자녀들도 수시로 방문해 아버지가 지치지 않도록 힘을 보탰다. 가족들은 굳어가는 그녀의 몸을 지성으로 마사지하고 씻겼으며, 거동이 불가능한 몸을 카트에 실어서라도 밖으로 나가 햇볕을 쬐게 했다.

가족들의 열심에 감동한 나 또한 대답 없는 그녀를 만날 때마다 "굿모닝입니다! 오늘 기분은 어떠세요? 여전히 인자해 보이시네요"라며 인사를 건넸다. 하지만 솔직히 고백하자면, 내 마음 한구석에는 차가운 의문이 똬리를 틀고 있었다. '저렇게까지 한다고 뭐가 달라질까? 이미 멈춰버린 뇌가 저 정성을 조금이라도 알아차릴 수 있을까?' 그것은 마치 계란으로 바위를 치는 무모한 일처럼 보였다.

그녀의 하루는 늘 캄캄한 밤이었지만, 가족들은 그 밤을 끈질기게 빛으로 채워 나갔다. 그리고 마침내 지극한 간호가 그녀의 긴 잠을 깨우기 시작했다. 깊게 패었던 욕창에 살이 차오르고 붉은 기가 가시더니, 보드라운 새살이 돋아난 것이다. 나의 냉소적인 짐작은 완전히 빗나갔다. 가족들의 무모한 사랑이 욕창을 메우고, 멈췄던 혀를 움직이게 했으며, 굳었던 손가락을 펴게 했다. 나의 오만함을 비웃듯, 사랑은 의학적 수치 너머의 영역에서 기어이 새 생명을 틔워내고 있었다. 지독할 정도의 사랑은 정말로 기적을 빚어내고 있었다.

그녀의 몸이 반응하기 시작했다. 고개를 가누고 침대에 앉아 아이처럼 젓가락질 연습을 하더니, 드디어 스스로 반찬을 집어 입에 넣게 되었다. 누군가에겐 평범한 일상이겠지만, 그 가족에겐 우주를 뒤흔드는 대사건이었다.

"굿모닝! 안녕하세요?"

"아… 안…."

어느 날 그녀의 입술 사이로 단어의 초성들이 흘러나왔을 때, 우리는 병실이 떠나가라 박수를 치며 환호했다.

"감사합니다! 여보, 따라 해봐. 감사합니다!"

"가… 가… 감… 사…."

그녀는 지난 세월 가족들이 쏟아부은 사랑에 화답하듯, 생의 첫 옹알이를 시작한 아기처럼 고백을 뱉어냈다.

기적은 거기서 멈추지 않았다. 평생 누워만 있을 줄 알았던 그녀가 어느 날 휠체어에 앉아 나타났다. 가족들은 그녀가 평소 즐겨 입던 예배 복장을 입히고 모자까지 씌워 예배당으로 향했다. 보이지 않는 미래를 확신하며 미리 고운 옷까지 준비해 두었던 가족들의 믿음에 사람들은 경탄의 박수를 보냈다. 그 순간 그녀는 세상 그 누구보다 우아하고 눈부셨다.

나는 그녀가 추울까 봐 포근한 담요를 선물했다. 최근에는 그녀가 설교를 듣고 노트에 필기까지 한다는 기적 같은 소식을 전해 들었다.

잿더미가 된 내 인생 위에도 과연 기적이 찾아올까? 병실에서 목격했듯, 우리가 매일 어떤 선택을 하느냐에 따라 기적은 반드시 온다. 나는 그날 처음으로 '기적'이라는 단어를 조심스레 꿈꾸어 보았다.

마지막 진단금으로 산 남편의 내일

"나는 이대로 눈 감아도 이제 소원이 없어요."

그녀의 목소리는 아나운서처럼 맑고 또렷했다. 얼굴은 실버 모델을 해도 좋을 만큼 고왔다. 1년 전 췌장암 진단을 받고 수술을 했으나, 재발 후 더 이상의 치료는 원치 않는다며 내가 근무하는 요양병원으로 옮겨오셨다. 6개월 시한부 선고를 받은 그녀는 연명치료 대신 남은 시간을 있는 그대로 받아들이기로 결심한 듯 보였다.

처음 그녀를 만났을 때, 그녀는 이미 음식을 거의 드시지 못하는 상태였다. 기력을 보충할 영양제 수액조차 돈이 아깝다며 완강히 거절하셨다. 극심한 통증을 진통제 주사로 겨우 잠재우며 밤을 꼬박 지새우는 날이 많았지만, 그녀는 그 고통스러운 시간을 온몸으로 묵묵히 받아내고 있었다.

나는 그녀를 돕고 싶었다. 보험 청구가 되지 않아 애를 먹던 영양제 서류 문제를 함께 해결해 드렸고, 외출이 필요하지만 마땅히 갈 곳이 없던 날에는 병원 옆 나의 집으로 모셔 편히 쉬게 해 드렸다. 그렇게 우리는 많은 이야기를 나누며 마음의 거리를 좁혀갔다.

내가 기타를 치며 노래를 불러드리는 시간은 그녀가 가장 기다리던 순간이었다. 특히 그녀는 제일 좋아하는 찬양 한 곡을 늘 신청하곤 했다.

"선생님, 이 노래요. 내가 처음 교회에 갔을 때 이 곡을 듣고 눈물을 펑펑 쏟았거든요. 그때 비로소 막혔던 숨이 쉬어지는 기분이었어요."

어느 날 나는 조심스러운 마음으로 물었다. "어르신, 병원에서 권하는 대로 한 번만 더 치료 방향을 잡아보시는 건 어떨까요?" 그녀는 가만히 고개를 저었다. 괜찮다며 미소 짓던 그녀가 뜻밖의 말을 꺼냈다.

"선생님, 나는 사실 췌장암 진단을 받았을 때… 오히려 다행이라고 생각했어요."

그녀는 천천히 마음의 빗장을 열고 자신의 삶을 들려주었다. 평생 믿어온 남편의 배신과 잇따른 사업 실패로 깊은 화병을 얻었다고 했다. 매일같이 타오르는 분노가 자신을 태우는 고통 속에 살아야 했고, 그 지독한 화를 품고는 도저히 숨을 쉴 수 없어 비로소 신앙의 문을 두드리게 되었다는 이야기였다.

"그때 들었던 그 노래가 제 마음에 평안을 주었어요. 남편도 언젠가는 이런 평안을 누렸으면 좋겠다고 간절히 기도하게 됐지요."

그녀는 나이 들어 이곳저곳 아픈 남편이 자신이 떠난 후 혼자 어떻게 지낼지를 걱정하고 있었다. 아이러니하게도 그녀가 암 진단을 받았을 당시, 가문의 사업은 완전히 무너져 빚더미에 앉아 회생 불가한 상태였다. 그녀는 자신의 췌장암 진단금 전액을 남편의 빚을 갚는 데 쏟아부었다. 남편의 무거운 짐을 덜어주며 그녀가 건넨 단 하나의 소원은, 남편이 함께 교회를 다니는 일이었다. 신앙을 모르던 남편은 어색해하면서도, 아내의 마지막 소원을 들어주기 위해 묵묵히 그 곁을 따랐다.

"그래서 나는 이 병이 원망스럽지 않아요."

모든 욕심을 비워낸 그녀의 얼굴을 마주하니 나도 모르게 뜨거운 눈물이 났다. "나도 여전히 부족한 사람이지만, 내가 눈을 감더라도 그 사람만 평안 속에 머물 수 있다면 저는 정말 괜찮아요." 그녀의 고백 속에서 나는 '용서'라는 단어가 가진 묵직한 무게를 처음으로 실감했다.

시간이 흘러 임종이 가까워지자 그녀는 더 이상 걷지 못하게 되었다. 그럼에도 병원 행사가 있던 날, 그녀는 휠체어에 의지해 밖으로 나왔다. "선생님 사회 보는 거, 내가 꼭 보고 싶어서요." 그날 그녀는 생전 자신이 아끼던 옷과 신발을 내 손에 쥐여 주었다.

"내가 건강할 때 입었던 옷이에요. 이제 못 입으니 선생님이 환자들을 위해 행사할 때 꼭 입어줘요. 나를 생각하면서요."

그날 나는 그녀의 옷을 입고 행사를 진행했다. 깡마른 그녀는 휠체어에 겨우 몸을 의지한 채 박수를 치며 아이처럼 행복한 미소를 지었다. 마치 자신을 대신해서 내가 무대에 서 있는 것처럼 기뻐했다.

땀이 쏟아지던 어느 여름날, 그녀는 남편을 위해 아낌없이 주는 나무가 되어 조용히 잠들었다. 그녀가 남긴 지독한 사랑은 남편의 메마른 삶을 적셨다.

"우리 집사람, 끝까지 도와주셔서 정말 고맙습니다."

머리가 희끗한 노신사는 눈물을 쏟아내며 말했다. "아내와 한 약속, 내 평생 끝까지 지킬 겁니다."

나는 물끄러미 그의 뒷모습을 바라보았다. 그녀는 생의 마지막 순간에 용기 내어 그 무거운 용서를 선택했고, 그 선택은 한 사람의 인생을 통째로 바꾸어 놓았다. 나는 지금도 행사 때마다 그녀가 준 옷을 꺼내 입고 환자들 앞에 선다. 옷감의 감촉이 피부에 닿을 때마다 그녀의 숭고한 마음이 나를 포근히 덮어주는 듯하다. 그리고 그 옷은 내게 묻는다.

"너는 이제 누구에게 용서를 구해야 하니? 너는 남은 생 동안 어떤 선택을 하며 살고 싶니?"

그녀가 남긴 옷 한 벌이, 오늘도 나에게 가장 소중한 질문을 던진다.

버려진 밤알에게서 배운 '안 버려지는' 사랑

"너도 아프지? 나도 아파. 하지만 너는 나보다 더 아프잖아!"

익숙한 목소리의 환자 한 분이 내 앞에 서서 자신이 쓴 글을 나직이 읽어 내려가고 있었다. 간밤을 차 안에서 꼬박 지새운 뒤였다. 좁고 추운 차 안에서 몸을 웅크린 채 밤을 보냈지만 잠은 끝내 오지 않았다. 눈을 감으면 이 지독한 현실이 잠시라도 지워질까 싶었으나, 눈을 뜨면 현실은 도리어 날 선 칼날처럼 또렷하게 각이 서 있었다. 내가 해결할 수 없는 삶의 숙제들이 산더미처럼 나를 짓누르던 그 날 아침, 그녀가 읊조리는 글은 내 마른 마음을 적시며 참았던 울음을 터뜨리게 했다.

그녀는 한때 제주에서 자녀들을 훌륭하게 키워내고 자연과 가까운 곳에서 평온한 노후를 보내던 분이었다. 그러나 난소암 말기라는 진단은 그 평화로운 일상을 단숨에 뒤집어 놓았다. "제주에서는 더 이상 고칠 수 없다는 말을 들었을 때, 저는 그 자리에서 바로 생이 끝나는 줄만 알았어요."

하지만 수술 후 그녀에게는 뜻밖의 시간이 덤으로 허락되었다. 그녀는 그 남은 날들을 '감사를 고백하는 시간'으로 채워가기 시작했다. 하나님과의 관계가 건강했던 지난 30년보다, 투병하며 고통스러웠던 지난 6개월 동안 훨씬 더 깊고 친밀하게 신을 만났노라고 그녀는 고백했다.

온 세상이 차가운 회색빛으로만 보이던 나에게 그녀의 고백은 경이로운 신비였다. 그녀는 새벽에 눈을 떠 숨을 쉬는 매 순간이 기적 같다고 했다. 정성 가득한 현미밥과 채소 위주의 식단, 그리고 숲의 모든 소리를 통해 신의 숨결을 느낀다고 했다. 발걸음마다 마주치는 새와 꽃, 나무 등 만물이 자신에게 보내는 신의 러브레터처럼 느껴진다는 그녀의 말에 가슴이 뭉클해졌다.

"하나님, 저를 천천히 낫게 해주세요. 제 몸보다도 제 영혼부터 먼저 치료해주세요."

눈물을 닦으며 내뱉는 그녀의 기도는 특별했다. 육신의 치유보다 영혼의 회복을 먼저 구하는 환자는 극히 드물기 때문이다. 기약 없는 투병 생활 속에서도 그녀는 삶을 견뎌내는 자신만의 비밀스러운 지도를 찾은 사람 같았다.

그녀는 산책길에 밤알을 줍는 일을 좋아했다. 어느 날 병실 탁자 위에 못생기고 상처 난 밤알들이 옹기종기 놓여있는 것을 보고 나는 무심코 물었다. "어머, 이 밤알들은 버려야 하는 거 아니에요?" 그녀는 가만히 고개를 저었다. "예전 같았으면 저도 이런 애들은 가차 없이 버렸을 거예요." 나는 그녀의 대답에 잠시 멈칫했다. "그런데 제가 아프고 나니까요…. 이 상처 난 밤알이 꼭 저를 닮은 것 같더라고요. 그래서 차마 버릴 수가 없어서 조심스럽게 싸서 가져왔어요."

그날 숲길에서 밤송이가 그녀에게 말을 걸었다고 한다. "너도 아프지? 나도 아파. 그런데 너는 나보다 더 아프잖아!" 그 짧은 위로가 그녀를 울렸단다. 껍질이 터지고 상처 난 밤송이가 마치 자신을 보듬어주는 것만 같았다고. "하나님, 저를 버리지 말아 주세요. 저도 하늘나라에 가고 싶어요." 상처 난 밤알들을 품에 안으며 그녀는 확신했다. 자신이 이 못난 밤알을 버리지 않듯, 하나님께서도 아프고 상처 난 자신을 끝까지 사랑하실 것이라는 사실을 말이다.

항암치료 후 서 있기도 힘든 몸, 머리카락이 빠져 두건을 쓰고 목소리는 갈라져 겨우 소리를 내는 상태였지만, 그녀의 입술에서 새어 나오는 감사의 언어는 깊은 샘물처럼 맑게 솟아나고 있었다. 그 초연한 모습이 내 안의 '상처 난 밤송이' 같은 마음을 부드럽게 어루만졌다.

그때 나는 처음으로 알았다. 감사는 결코 감사할 일이 많아서 터져 나오는 것이 아니라는 것을. 그녀는 암이라는 고통의 시간에 '감사'라는 소금을 뿌려 그녀만의 깊고 진한 삶의 맛을 빚어내고 있었다. 감사할 수 없는 자리에서도 참된 감사가 터져 나올 수 있다는 그 경이로운 광경 앞에서, 나 또한 상처 입어 버려진 밤알 몇 개를 집으로 가져왔다.

상처가 났기에 주인이 더 자주 들여다보고, 더 오랫동안 손바닥에 쥐고 계실 그분의 사랑을 떠올리며 내 입술에서도 "감사합니다"라는 첫 고백이 터져 나왔다. 내 삶을 둘러싼 문제들은 여전히 나를 떨게 했지만, 내 손 안의 작은 밤알은 뜨거운 난로처럼 차가웠던 내 마음을 온기로 데워주고 있었다.

썬데이 노래방에서 배운 내려놓음

일요일 오후, 병원에서는 환우들을 위한 '썬데이 노래방'이 열린다. 근무를 마치고 프로그램이 진행 중인 강의실 앞을 지나다, 문득 궁금한 마음에 살짝 문을 열어보았다. 넓은 공간에 단 한 명, 며칠 전 입원한 신규 환자가 단정하게 앉아 있었다.

그녀는 나와 같은 의료인 출신이었다. 병원 시스템이 익숙해서인지 그녀는 늘 말이 없었고, 얼굴에는 근심의 그림자가 짙게 깔려 있었다.

전신 통증 때문인지 걸음 하나도 조심스레 내딛던 단아한 중년의 여인. 젊은 나이에 열정적으로 일하다 갑작스러운 암 진단과 수술까지 겪었으니 그 심정이 오죽할까 싶어, 챙이 넓은 모자를 쓰고 홀로 앉아 있는 뒷모습이 유독 측은하게 다가왔다.

"혹시 불편하지 않으시면 저도 들어가도 될까요?" 나의 물음에 그녀는 엷은 미소를 띠며 고개를 끄덕였다. "노래 부르는 걸 좋아하시나 봐요? 저도 참 좋아하거든요."

우리는 서로의 애창곡을 주고받았다. 아는 노래가 나오면 박수를 치며 함께 화음을 맞췄다. 나는 그날 그녀를 웃기기로 작정이라도 한 사람처럼, 노래에 맞춰 신나게 율동을 하며 온몸을 흔들었다. 애절한 발라드부터 흥겨운 댄스곡까지 이어지는 나의 재롱에 그녀가 마침내 입을 막고 웃음을 터뜨렸다. 그 모습을 보고서야 내 어깨에 잔뜩 들어가 있던 긴장의 힘이 스르르 빠지는 게 느껴졌다.

그 시간만큼은 우리 둘뿐인 '썬데이 노래방' 동지가 되어 깔깔거리며 웃었다. 늘 심각하던 그녀의 표정이 환하게 밝아지는 것을 보며 내 마음도 비로소 안심이 되었다. 그녀가 이곳 생활에 잘 적응하기를, 그녀의 투병 생활이 부디 평안하기를 진심으로 빌었다.

그녀가 가장 좋아하는 노래는 복음성가였다. 우리는 즐겨 듣는 곡들을 열거하며 또 한바탕 웃음꽃을 피웠다. 대화는 자연스레 아이들 이야기로 흘러갔다. 그녀에게는 피아노에 탁월한 재능을 가진 중학생 딸과 아직 어린 초등학생 아들이 있었다. 환자들은 웬만한 시련에는 눈물짓지 않지만, 자녀의 '자' 자만 나와도 금세 눈시울이 붉어진다. 환자이기 전에 우리 모두는 누군가의 '엄마'였기 때문이다.

"제가 암에 걸리지 않았더라면, 아마 우리 첫째를 엄청나게 힘들게 했을 거예요."

딸의 재능에 대한 욕심이 컸던 그녀는 병을 얻고 나서야 비로소 자신이 아이들을 위해 해줄 수 있는 일에 한계가 있음을 깨달았다고 했다. 아이들 곁에 한 뼘이라도 더 오래 머물기 위해 그녀는 욕심을 내려놓아야만 했다. 그런데 놀랍게도 엄마가 힘을 빼고 내려놓자, 딸아이가 피아노를 더 즐기기 시작했고 훨씬 행복해졌다는 것이다. 그 말이 너무도 정곡을 찔러 나는 한동안 아무 대답도 할 수 없었다.

그녀는 처음 진단을 받고 복음성가 〈요게벳의 노래〉를 수천 번도 더 불렀다고 했다. '어떤 맘이었을까, 그녀의 두 눈에 눈물이 흐르고 흘러… 눈을 감아도 보이는 아이와 눈을 맞추며, 하나님 그 손에 너의 삶을 맡긴다.' 젊은 엄마가 눈을 감아도 아른거리는 자녀를 자신보다 더 강한 분의 손에 맡기며 얻은 그 '내려놓음'의 고백에 온몸으로 전율이 느껴졌다.

그녀의 모습에서 나의 젊은 시절이 겹쳐 보였다. 아이들이 사춘기라는 격랑을 지날 때, 나 또한 어쩌다 어른이 된 서툰 엄마였다. 아이들은 저만치 앞서 성장하고 있는데 나는 그 변화를 따라가지 못한 채 내 틀에 아이들을 구겨 넣으려 소리치고 억압했다. 잘 자라고 있는 아이들 곁에서 나는 멈춰버린 '어른아이'였을 뿐이다.

"내가 아무것도 할 수 없다는 걸 인정하고 힘을 빼니 아이가 행복해졌어요."

그 말에 정신이 번쩍 들었다. 비로소 보이기 시작했다. 엄마가 힘을 뺄 때까지, 엄마가 진짜 어른이 될 때까지 아이들이 얼마나 많은 수고를 하며 기다려주었는지 말이다. 나보다 아이들의 사랑이 훨씬 더 깊었다는 사실을 그제야 깨달았다.

그날 이후 그녀는 누구보다 씩씩하게 병원 생활에 적응했다. 가족들은 하루하루를 소중한 추억으로 채워 나갔다. 얼마 전 병원 행사에서 그녀의 온 가족이 무대에 올라 다른 환우들을 위해 노래하는 모습을 보았다. "나의 한숨을 바꾸셨네… 사랑의 노래로 기쁨의 노래로…." 코끝이 시큰거렸다. 부쩍 자란 자녀들의 모습은 그녀의 내려놓음이 일구어낸 또 다른 행복의 결실 같았다.

나는 '썬데이 노래방'에서 환자를 위로해주고 있다고 생각했지만, 사실은 내가 먼저 내려놓는 법을 배우고 있었다. 그녀가 아이를 내려놓았다고 말한 순간, 나는 내가 얼마나 많은 것들을 꽉 붙잡고 살았는지를 처음으로 직시했다.

그 후, 나의 아들이 불쑥 말을 꺼냈다. "엄마, 저 대한적십자사에서 하는 수상 안전요원 자격증에 도전해 보고 싶어요." 평소 같으면 구구절절

반대할 이유부터 쏟아냈겠지만, 순간 썬데이 노래방의 기억이 떠올랐다. 나는 침을 꿀걱 삼키며 대답했다. "그래! 네가 원한다면 한번 도전해봐. 너라면 잘 해낼 수 있을 거야."

아들이 오랜만에 환하게 웃었다. 내가 주입한 삶이 아닌, 본인의 의지로 선택한 첫 번째 도전이었다. 놀랍게도 성인들도 중도 포기하기 일쑤인 그 험난한 과정을 아들은 단 한 번 만에 합격해냈다. 자격증은 아들에게 날개가 되어주었고, 스스로에 대한 자신감을 얻는 계기가 되었다.

그날, 썬데이 노래방의 문을 두드리길 참 잘했다는 생각이 든다. 그곳엔 환자의 노래만 있는 것이 아니라, 길을 잃은 엄마들을 위한 나지막한 가르침이 머물고 있었다.

— 6

내 자식 같은 해피트리, 잘 부탁드려요

"아직 어리니까 잘 부탁해요. 이 해피트리를 보면서 저를 위해 기도해 주세요. 우리 다시 만날 때까지, 해피트리 잘 부탁합니다."

그녀는 유방암 4기 환자였다. 고단한 투병의 시간을 버티기 위해 그녀는 병실에서 작은 식물들을 하나둘 모아 키우고 있었다. 매일 아침 초록 생명들과 함께 눈을 뜨고, 대화를 나누며 정성을 쏟는 그녀의 곁에는 가장 애지중지하는 어린 '해피트리' 한 그루가 있었다. 주사를 놓으러 갈 때면 식물에 대해 문외한인 내게 그녀는 마치 자식 자랑을 늘어놓는 엄마처럼 해피트리 이야기를 들려주었다.

"이 아이가 있으면 행운이 오고 부자가 된대요. 그래서 선물로도 인기가 많죠. 너무 예쁘지 않나요? 지금은 작고 연약해 보여도 까다롭지 않아서 거실에서 물만 잘 줘도 쑥쑥 커요."

식물을 진심으로 사랑하는 사람들은 자신이 키우던 아이를 아무에게나 주지 않는다는 사실도 그녀를 통해 알게 되었다. 식물은 키운 사람에게 눈에 넣어도 아프지 않을 자식과 같다는 그녀의 설명에 절로 고개가 끄덕여졌다. 그런데 퇴원을 앞둔 그녀가 그 귀한 자식 같은 해피트리를 내 손에 안겨준 것이다. "얘가 지금은 어려도 앞으로 쑥쑥 자랄 거예요. 내가 아무한테나 안 주는 거 아시죠?"

그동안 키운 식물마다 시들어 죽게 했던 터라 자신은 없었지만, 그녀의 간절한 진심을 알기에 나는 해피트리의 손을 잡듯 조심스럽게 집으로 데려왔다. 키가 작고 병약해 보이는 해피트리를 볼 때마다 나는 그녀의 이름을 불렀다. 부디 건강한 모습으로 다시 만나기를 염원하며, 여린 손바닥 같은 잎사귀를 손수건으로 정성껏 닦아주었다.

그러던 어느 날, 퇴근 후 해피트리에게 인사를 건네려다 나는 비명을 지를 뻔했다. 누군가 해피트리의 심장과도 같은 중심 가지를 완전히 꺾어 놓은 것이었다. 심장박동이 멈춘 환자처럼 여린 가지들은 축 늘어져 있었고, 윤기 흐르던 잎새들은 순식간에 시들해졌다. 범인이 누구인지 짐작이 갔지만 나는 차마 화를 낼 수 없었다. 당시 우리 가족은 지금 이 해피트리처럼 모든 것이 부러지고 무너져 있었기 때문이다.

나는 덜렁거리는 나뭇가지를 붙잡고 미안하다며 엉엉 울고 말았다. 다시 만날 날까지 잘 키우겠다고 약속했는데, 정말 이대로 끝인 걸까. 내 인생 최대의 위기와 닮아 있는 해피트리의 모습이 너무도 서글펐다. 당시 나는 오른쪽 무릎 수술 여파로 절뚝거리며 겨우 병동 일을 해내고 있었다. 최선을 다해 버텨온 삶의 성적표가 낙제점인 'F'처럼 느껴지던 시절이었다. 통나무처럼 무거운 육신을 이끌고 환자들 곁으로 출근하면서도, 나는 내 인생을 어디서부터 다시 시작해야 할지 알지 못했다.

인간의 힘과 지식으로는 아무것도 할 수 없음을 깨달은 뒤로, 나는 매일 나를 불쌍히 여겨달라고 하늘을 보며 울었다. 그날도 사망 선고를 받은 내 인생 같은 해피트리를 보며 울부짖었다. "하나님, 제발 이 해피트리를 살려주세요."

그때 문득 성경의 한 구절이 떠올랐다. '상한 갈대를 꺾지 않으시고, 꺼져가는 심지를 끄지 않으신다'는 약속. 지금 나는 꺼진 심지 같고, 해피트리는 꺾인 갈대 같지만, 주님은 이런 우리를 결코 버리지 않으신다는 확신이 들었다. 나는 급히 스카치테이프를 찾아 덜렁거리는 나뭇가지를 여러 겹 꼼꼼히 감싸주었다.

"해피트리야, 하나님께서 널 살려주실 거야. 아프게 하시다가도 싸매시고, 상하게 하시다가도 그분의 손으로 고치신댔어."

나는 주문처럼 말씀을 중얼거리며 꺾인 부위를 싸매주었다. 그날부터 해피트리의 몸보다 투명한 스카치테이프가 더 크게 보였다. 그 모습이 꼭 덕지덕지 상처를 싸매고 버티는 나의 고달픈 인생 같아 마음이 아렸다.

그런데 기적이 일어났다. 가끔 물을 주고 기도를 보탠 것뿐인데, 해피트리가 연초록 이파리를 신생아의 주먹처럼 쥐었다 폈다 하며 새순을 틔우기 시작한 것이다. "아, 살았다! 감사합니다!" 나는 노래하듯 팔을 펴며 피어나는 잎새들을 보며 감격했다. 영양분을 공급하는 중심 줄기가 꺾였음에도 하루하루를 버텨내며 조금씩 자라고 있었다. 마치 하나님이 해피트리를 통해 내게 말씀하시는 듯했다.

"경희야, 보이니? 이 작은 해피트리를 살리는 내가 바로 너와 함께하고 있단다."

그 순간 나는 더 이상 혼자가 아니라는 사실을 깨달았다. 해피트리를 살리고픈 나의 간절함보다 더 큰마음으로, 나를 싸매고 고쳐서 행복하게 만들고 싶어 하시는 하나님 아버지의 진심을 알게 되었다. 시간이 흐를수록 커다랗게 보이던 스카치테이프는 굵고 튼튼해진 줄기 속으로 서서히 자취를 감췄다. 내 얼굴에도 비로소 미소가 번졌다.

내 고통에만 매몰되어 보지 못했던 수많은 축복이 비로소 보이기 시작했다. 내 삶의 꺾인 자리마다 하나님이 보내주신 '스카치테이프 같은 사람들'이 있었다. 그들은 아버지의 심정으로 나의 상처를 싸매주고 함께 울어주며 내가 다시 일어설 수 있도록 도와주었다. 하루를 돌아보면 모든 순간이 누군가의 보호 아래 있었음을 알게 되었다.

나는 이제 감사와 기쁨을 품고, 환난을 맞은 암 환자들을 진심으로 위로하며 하늘의 소망을 나누는 간호사로 거듭났다. 작은 해피트리 같던 나의 아이들도 기도해 주시는 분들 덕분에 아픔을 딛고 쑥쑥 성장하고 있다.

돌이켜보니 '뇌종양'은 무릎을 고치기 위해 나를 잠시 멈춰 세운 신호였다. 검사 과정에서 나는 '무릎 연골판 조직 이식 수술'이라는 생소한 길을 발견하게 되었다. 뇌종양을 통과하며 나는 깨달았다. 세상에 쓸모없는 고난은 없으며, 아무리 쓰디쓴 고통에도 다 뜻이 있다는 것을 말이다. 덕분에 나는 평생 절뚝거리지 않고 살 수 있는 수술을 무사히 마칠 수 있었다.

수술 후 맞이한 설날, 나는 휠체어에 앉아 있었다. 아이들은 눈이 채 녹지 않은 거친 길 위에서 정성껏 휠체어를 밀어주었고, 계단에서는 나를 업어 병원 옆 사택까지 데려다주었다. 그날 아이들이 나를 위해 처음으로 끓여준 따끈한 떡국을 함께 나누며 우리는 마주 보고 웃었다. 거실 한편에서 튼튼하게 자란 해피트리가 그 모습을 지켜보며 함께 웃는 듯했다.

해피트리처럼 우리의 꺾였던 몸과 마음도 조금씩 바로 서고 있었다. 주저앉고 싶을 때마다 나는 생각한다. "해피트리도 저렇게 살아가는데." 그러면 다시 일어날 힘이 생겼다. 그날 우리 집 거실에는 초록빛 생명력과 아이들의 웃음소리가 가득했다. 꺾였던 우리의 계절에도 드디어 따스한 훈풍이 불어오고 있었다.

7

변기 위에서 쓴 간호 참회록

“으… 윽! 살려주세요! 간호사 좀 빨리…!”

나는 화장실 변기 위에서 비명을 질렀다. 숨을 쉴 수가 없었다. 얼굴은 이미 식은땀으로 범벅이 되었다. 2022년 11월, 대학병원에서 오른쪽 무릎 수술을 받으며 나는 간호사에서 환자가 되었다. ‘우측 반월상 연골판 조직 이식 수술’. 그것은 자신의 몸이 보내는 신호를 외면한 채, 아이들 곁에서만큼은 든든한 엄마이고 싶어 무리하게 버텨온 시간들이 남긴 참담한 훈장 같은 흔적이었다. 연골판을 제거한 뒤로 걸을 때마다 뼈와 뼈가 부딪치며 시멘트를 긁는 듯한 통증이 느껴졌고, 나는 어느새 걷는 것조차 두려운 몸이 되어있었다.

그러다 뇌종양을 진료하는 과정에서 선물처럼 이 수술법을 알게 되었다. 외국 조직은행에서 공수해야 하기에 조건이 맞는 조직을 찾으려면 수년을 기다려야 했지만, 간절함이 닿았는지 일주일 만에 기적적으로 연골판을 찾게 되었다. 무사히 수술을 마친 뒤, 나는 내가 일했던 요양 병원에 입원하여 재활을 시작했다.

그런데 지금, 나는 변기 위에서 얼굴이 창백해진 채 대변과의 처절한 전쟁을 치르고 있었다. 다리에는 무거운 통깁스를 한 채 휠체어 위로 다리를 쭉 뻗은 채였다. 다시 힘을 주다가 항문이 찢어지거나 빠질 것 같은 극도의 공포가 엄습했다. '화장실에서 이대로 죽을 수도 있겠구나.' 눈앞이 캄캄했다.

응급으로 처방받은 좌약을 두 번이나 넣었지만, 대장은 묵묵부답이었다. 포클레인이라도 동원해 장 속에 박힌 돌덩이들을 파내고 싶은 심정이었다. 이것은 약물이나 시간으로 해결될 수 없는, 생존을 위협하는 실질적인 고통이었다. 그때 뇌리를 스치는 단어가 있었다. '손가락 관장!'

한 시간 넘게 이어진 위기 속에서 해법이 떠올랐다. 간병인에게 의료용 장갑과 글리세린을 부탁했다. 나는 망설임 없이 장갑을 여러 겹 끼고 글리세린을 바른 뒤, 스스로 항문을 파내기 시작했다. 사투 끝에 돌덩이 같은 변들이 쏙쏙 빠져나왔고, 마지막으로 남은 힘을 다해 밀어내자 폭포수 같은 배설이 변기를 뒤덮었다. 세상에서 가장 쉬운 줄만 알았던 '비우는 일'이 이토록 처절하고 힘든 일인 줄은 환자가 되어보기 전엔 결코 몰랐다.

변기 위에 멍하니 앉아 내 손가락을 바라보았다. 방금 내 고통을 해결해 준 것은 첨단 의료 기기도, 화려한 약물도 아니었다. 가장 낮고 냄새 나는 곳까지 기꺼이 들어간 나의 손가락이었다.

순간, 지난 세월 내가 환자들에게 건넸던 무책임한 말들이 주마등처럼 스쳐 지나갔다. 나는 눈물을 흘리며 허공의 얼굴들을 향해 읊조렸다. "제가 그때 잘못했습니다. 정말 죄송합니다." 그날, 나는 화장실 변기 위에서 환자들에게 바치는 참회록을 썼다.

변을 보다가 구급차를 불러달라고 울부짖던 환자들, 응급 벨을 눌러 죽을 것 같다고 하소연하던 이들을 나는 그저 '유난스러운 환자'로 치부하며 밀어냈다. 식은땀을 흘리며 안전대를 잡고 며칠씩 변기에 앉아 있던 이들에게 나는 "조금만 더 참으세요", "배를 따뜻하게 마사지하세요"라고 기계적으로 대답했다. 그것은 위로가 아니라 방관이었다. 그 말들이 환자들에게 얼마나 가벼웠을지, 그 기다림의 시간이 얼마나 잔인했을지 비로소 뼈저리게 깨달았다.

그들이 변기 위에서 죽음 같은 공포를 느낄 때, 나는 그 고통의 깊이를 단 1센티미터도 이해하지 못한 채 '간호 업무'라는 서류 뒤에 숨어 있었다. 그분들에게 손가락 관장은 단순한 처치가 아니라, 인간의 존엄을 되찾아주는 구원이었음을 이제야 알 것 같았다. 배설의 기쁨에 아이처럼 웃던 환자들의 얼굴이 떠올랐고, 그들의 눈높이를 맞추지 못했던 나의 오만이 부끄러워 뜨거운 눈물이 쏟아졌다.

이제 나는 안다. 환자가 부르는 소리는 단순히 약을 달라는 신호가 아니라, "나의 이 처절한 고통 속에 제발 함께 있어 달라"는 간절한 외침임을 말이다. 고난은 내게 가장 아픈 방식의 수업료를 요구했지만, 그 대가로 나는 환자의 숨소리 하나에도 떨리는 마음으로 응답할 수 있는 '진짜 간호사'의 심장을 얻었다.

무거운 통깁스를 한 채 휠체어에 앉아 있지만, 나는 벌써 다음 출근을 꿈꾼다. 다시 병동으로 돌아가는 날, 나는 환자의 침상 곁에 가장 오래 머무는 간호사가 될 것이다. 그들의 막힌 곳을 함께 뚫어주고, 냄새나는 아픔까지 기꺼이 손으로 받아내는 사람.

나는 이제 설명하는 사람이 아니라 환자의 고통 안으로 직접 걸어 들어가는 사람이 되고 싶다. 화장실 변기 위에서 나는 다시 태어났다. 환자의 몸이 아니라, 환자의 마음 높이에서 간호하는 사람으로.

8

눈 감는 그 날까지 강의하고 싶어요

"자연 속에 그런 깊은 의미가 있는지 예전에는 미처 몰랐어요. 이분 강의, 정말 감동적이네요."
강의실 문을 열고 나오는 환자들이 이구동성으로 감탄을 쏟아냈다. 무엇이 그들의 마음을 이토록 움직였는지 궁금해진 나는 오늘의 강의 제목을 찾아보았다. 주제는 '창조 과학'이었다. 강연자는 놀랍게도 우리 병원에 입원 중인 한 남자 환자였다.

그는 훤칠한 키에 온화한 성품을 지닌 분이었다. 오랫동안 한 분야를 깊이 연구해온 학자였지만, 그의 언어는 결코 추상적이거나 딱딱한 이론에 머무르지 않았다. 난해한 과학적 원리를 일반인과 학생들이 쉽게 이해할 수 있도록 삶의 언어로 풀어내는 탁월한 능력을 지닌 분이었다. 그의 헌신적인 연구와 교육 덕분에 많은 이가 창조의 신비에 눈을 떴고, 그의 곁에는 스승의 병문안을 위해 먼 길을 달려오는 제자들의 발길이 끊이지 않았다.

암세포가 몸을 잠식해 들어가는 고통 속에서도 그는 늘 한결같았다. 복부에 가득 찬 복수를 빼낼 때도, 날카로운 통증으로 진통제를 맞을 때도 그의 얼굴에는 깊은 평온함이 서려 있었다. 매일 아침 회진 때나 병동 복도에서 마주칠 때면 언제나 그가 먼저 따뜻한 인사를 건넸다. 삶의 모든 순간을 당연하게 여기지 않고, 아주 작은 일에도 감사를 먼저 표현할 줄 아는 분이었다.

잠시 곁에서 들어본 그의 강연은 울림이 컸다. '창조 과학'이라는 용어조차 생소하던 시절부터 그는 이 분야에 대한 확신을 품고 길을 개척해왔다고 했다. "고아가 된 인류가 진정한 부모를 찾을 수 있도록 도와주십시오." 전문가로서, 혹은 한 인간으로서 간곡하게 도움을 요청하던 그의 음성은 듣는 이의 심금을 울렸다.

병색이 짙어지며 몸은 점점 쇠약해졌지만, 그의 사명감은 도리어 선명해졌다. 그는 자신의 강의를 더 듣고 싶어 하는 환자들을 위해 작은 소그룹을 만들었다. 암 환자들이 죽음이 끝이 아닌 또 다른 시작임을 깨닫고, 진정한 생명의 근원을 찾을 수 있도록 남은 생명의 불꽃을 아낌없이 태웠다.

그의 강의를 통해 환자들은 마음속 깊은 평안을 얻었다. 죽음에 대한 공포를 인생의 한 과정으로, 나아가 감사의 조건으로 받아들이기 시작한 것이다. 창조주의 사랑을 깨달은 환자들은 마치 세상이 새로워진 것 같다며 신기해했다.

"선생님, 글쎄 제 눈이 그동안 멀었었나 봐요. 예전엔 그냥 지나쳤던 나뭇잎들이 강의를 듣고 산책하며 보니 전부 하트 모양인 거 있죠!"

산책길에 마주친 나뭇잎마다 "나는 너를 영원히 사랑한다"라는 창조주의 음성이 들리는 것 같아 나뭇잎을 붙잡고 한참을 울었다고 했다.

한 사람의 진심 어린 확신이 절망에 빠진 여러 생명을 살려내는 광경은 실로 숭고했다. 복수가 차올라 가쁜 숨을 몰아쉬는 그에게 다가가 감사의 마음을 전했다. "선생님, 정말 고생 많으셨어요. 환자들이 강의 덕분에 행복해졌다고 정말 좋아하세요. 진심으로 감사합니다."

침상에 누운 채, 그는 힘겹지만 밝은 미소를 지어 보였다. "그랬군요. 환자들에게 조금이나마 도움이 되었다니 제가 오히려 더 감사할 따름입니다. 저는 강의할 때가 가장 행복하거든요. 눈 감는 그 날까지 이 귀한 소식을 전하고 싶습니다."

평생의 강연 주제였던 만물의 주인을 향해 끝까지 감사하는 그의 모습은 거룩하기까지 했다. 그의 깊은 호흡 끝에 나오는 한마디 한마디는 내 안의 죽어가던 세포들을 일깨웠다. '그래, 모든 사람은 이 땅에 보낸 목적과 뜻이 있어. 나는 고아가 아니었구나. 부모 잃은 아이처럼 울고 있을 때가 아니었어.' 그런 자각이 내 안에서 고개를 들었다.

문득 "왜 살아야 하는지를 아는 사람은 어떤 고난도 이길 수 있다"는 빅터 프랭클의 글귀가 떠올랐다. 그는 자신의 처지를 단 한 번도 원망하지 않았다. "호흡이 다할 때까지 강의하리라"는 그의 마지막 투혼은 마치 내게 묻는 듯했다.

"경희야, 호흡이 다할 때까지 너는 무엇을 하고 싶니?"

9

입술 끝에서 맴돈 마지막 인사

"난, 그 말이 안 나와요. 왜 그 말이 그렇게 어려운지…."
난소암에서 시작되어 복부까지 암세포가 번진 그녀의 곁에는 늘 그림자처럼 남편이 머물고 있었다. 항암치료 후 기력을 잃어 음식을 전혀 입에 대지 못하는 아내를 위해, 남편은 평소 그녀가 좋아하던 생선을 굽고 정성을 다했다.

중년의 부부는 늘 한 몸처럼 움직였다. "도통 먹지를 못하네요." 어느 날 그녀가 잔치국수가 먹고 싶다며 힘겹게 입을 떼자, 남편은 아내에게 한 젓가락이라도 먹이기 위해 그 깊은 산골을 내려가 식당 여기저기를 헤매고 다녔다. 부부의 하루는 그렇게 '먹이고, 먹어야 하는' 처절한 사투로 채워지고 있었다.

그러던 어느 날, 심한 복통을 호소하던 그녀의 엑스레이 결과는 '장폐색'이었다. 급히 본원 병원으로 이송되었다가 고비를 넘기고 돌아온 그녀는 안도의 한숨을 내쉬었다. "아휴, 거기선 계속 굶기기만 해서 굶어 죽는 줄 알았어요. 다행히 장이 잘 풀려서 무사히 돌아왔네요." 그녀의 귀원에 병동 식구들 모두가 가슴을 쓸어내렸다.

그런데 그날 이후, 그녀의 외출과 외박이 부쩍 잦아졌다. 서울의 큰 병원부터 지방의 병원들까지, 그녀는 쉬지 않고 길 위에서 시간을 보냈다. 진통제와 영양제 주사가 들어가는 동안 내가 조심스레 말을 건넸다. "멀리까지 다니시느라 정말 고생이 많으세요. 병원 예약 잡고 진료 보러 다니는 게 보통 일이 아니던데, 몸이 축나지 않게 푹 쉬셔야 해요."

나의 걱정 어린 말에 그녀가 넌지시 속마음을 비쳤다. "아휴, 난 안 가겠다고 하는데 우리 딸이 자꾸 예약을 잡네요. 시집도 안 가고 오로지 나한테만 신경 쓰고 있어요."

"정말요? 직장 다니면서 엄마 병원 뒷바라지하는 게 결코 쉽지 않은데… 정말 훌륭한 따님을 두셨네요." 나는 엄마를 위해 자신의 삶을 뒷전에 둔 그 따님을 진심으로 칭찬해 드렸다.

사실 그녀는 난소암 말기였다. 현대 의학이 할 수 있는 모든 치료를 다 해보았지만, 항암제에도 내성이 생겨 더 이상 손을 쓸 수 없다는 절망적인 통보를 받은 참이었다. 그 사실을 차마 받아들일 수 없었던 딸이 전국 팔도의 병원을 수소문하며 기적을 좇고 있었던 것이다.

"따님 같은 자식이 드물어요. 본인 살기도 바쁜 세상에 엄마를 위해 이렇게까지 애쓰는데… 혹시 따님에게 '고맙다'고 말은 해보셨어요?"

나의 물음에 그녀의 얼굴 위로 무거운 한숨이 번졌다. "아유, 그 말이 목구멍까지 올라왔다가도 나오질 않아요. 자꾸 신경 쓰지 말고 네 일이나 잘해라, 엄마는 괜찮다… 입에선 자꾸 이런 무뚝뚝한 말만 툭툭 튀어나와요."

"저도 그래요. 딸한테는 이상하게 그게 잘 안 되더라고요." 나는 그녀의 깊은 한숨에 나의 한숨을 보태며 공감했다.

그날부터 병실에 갈 때마다 우리는 마음을 전하는 '엄마 연습'을 함께 시작했다.

"자, 따라 해 보세요. 딸아, 바쁜데 엄마 치료할 수 있는 병원 알아봐 줘서 정말 고맙다."

그녀는 쑥스러운 듯 내 말을 더듬더듬 따라 했다.

"딸아, 엄마 딸로 태어나줘서 고마워. 네가 있어서 엄마는 정말 행복했어."

평생 한 번도 입 밖으로 꺼내 본 적 없는 말들을 연습하며 우리는 아이처럼 웃었다. "아우, 닭살 돋아요, 선생님. 내가 굳이 말 안 해도 딸이 다 알겠지요, 뭐…." 멋쩍어하면서도 우리는 소리 내어 고백하는 연습을 멈추지 않았다.

그날 이후 나도 용기를 내어 딸에게 연습한 말을 전해보려 했다. "딸, 지금까지 고마워." 하지만 정작 딸의 얼굴을 마주하니, 마음과는 딴판으로 엉뚱한 잔소리만 쏟아져 나왔다. 사랑한다는 고백에도 유효기간이 있다는 것을, 그리고 그 기회가 그리 길지 않다는 것을 그때는 미처 몰랐다.

그녀에게 다시 장폐색이 찾아왔고, 급히 병원을 떠난 그녀는 끝내 돌아오지 않았다. 텅 빈 병실 앞을 서성거리며 나는 오지 않는 그녀를 향해 마음속으로 묻고 또 물었다.

"어르신, 그때 우리 연습했던 그 말… 따님에게 꼭 해주고 가신 거죠?"

10

경청, 닫힌 빗장을 여는 가장 따뜻한 손길

"오늘 당장 퇴원하겠어요. 너무 속상해서 더는 여기 못 있겠어요!"

아침 인계를 마치고 병실을 찾았을 때, 그녀는 이미 폭발하기 직전의 화산처럼 잔뜩 화가 나 있었다. 며칠 전 입원한 유방암 신규환자였다. 병동 복도에서 몇 번 마주치긴 했지만 직접 담당하는 건 처음이라, 나는 조심스럽게 그녀에게 다가갔다. 먼 산골까지 치료를 위해 찾아온 그녀가 입원한 지 며칠 만에 보따리를 싸게 된 사연이 못내 궁금하고 안타까웠다.

"병원에 오신 지 얼마 안 되셨는데 속상한 일이 많으셨나 봐요. 관리 잘하고 싶어서 멀리서 오셨을 텐데… 제가 뭐 도와드릴 일이 있을까요? 무슨 일이 있었는지 제가 다 들어드리고 싶어서요."

그녀는 짐을 싸던 손을 멈추고 내 얼굴을 빤히 바라보더니 물었다. "선생님, 지금 안 바쁘세요?"

"바쁘지만, ○○○ 님이 왜 이토록 속상해하시는지 듣는 게 제게는 더 중요해요."

지인의 소개로 기대를 안고 찾아온 병원이었지만, 그녀의 며칠은 외로움과 서러움의 연속이었다. 입원 직후 받은 검사 결과는 며칠이 지나도 함구무언이었고, 설상가상으로 원인 모를 복통과 설사까지 시작되었다. 낯선 곳에서 몸은 아프고 대우는 제대로 받지 못하고 있다는 생각에 서러움이 밀려와 혼자 밤을 설쳐가며 울었다고 했다. 궁금한 게 있어 간호사실을 찾아가도 다들 너무 바빠 보여 입조차 떼지 못한 채 발길을 돌려야 했고, 가끔 마주친 의료진마저 "기다려 보세요"라는 말만 남기고 사라지기 일쑤였다.

울먹이며 쏟아낸 그녀의 긴 이야기 끝에 남은 단 하나의 외침은 이것이었다. "누가 제발 내 말 좀 들어주세요!"

나는 최대한 그녀와 눈을 맞추며 그 마음의 배설물들을 다 토해낼 때까지 묵묵히 기다려주었다. 그리고 조용히 그녀를 안아드렸다. "정말 힘드셨겠어요. 몸 아픈 것도 서러운데 처음 온 이곳에서 마음 둘 곳 없어 며칠 동안 얼마나 고생이 많으셨어요."

그녀는 고개를 떨군 채, 마치 둑이 터진 것처럼 서럽게 울기 시작했다. "들어주셔서 정말 감사해요. 막혔던 가슴이 뻥 뚫리는 것 같아요. 누군가 내 얘기를 좀 들어줬으면 했거든요…."

내가 한 일이라곤 그저 곁에 머물며 그녀의 눈을 바라봐 준 것뿐이었지만, 기적은 거기서 시작되었다. 그녀는 퇴원을 위해 싸두었던 짐을 다시 하나씩 풀기 시작했다. "퇴원 안 하고… 더 있어 볼게요." 꽉 닫혔던 마음의 빗장이 스르르 풀리는 순간이었다.

우리가 놓쳤던 오해들도 하나씩 풀려나갔다. 금요일에 입원한 탓에 주말을 지나 월요일에 모든 결과를 종합해 설명하려던 주치의의 계획이 있었고, 설사 또한 처방된 약을 복용한 뒤 차차 호전되는 중이었다. 그녀는 몸의 병보다 마음의 외로움이 더 깊었던 것이다.

그날 이후 그녀는 누구보다 '슬기로운 투병 생활'을 이어갔다. 홧김에 퇴원했더라면 누리지 못했을 평안이었다. 그녀는 모든 건강 프로그램에 적극적으로 참여했고, 궁금한 점이 있으면 허물없이 물어왔다. 표정은 나날이 밝아졌고, 이제는 먼저 입원한 선배로서 신규환자들이 자신처럼 답답해할까 봐 먼저 다가가 다정하게 설명해 주는 이가 되었다.

복도에서 그녀를 만날 때마다 눈짓으로 반갑게 인사를 나누면, 그녀의 얼굴에는 이제 더 이상 토해내지 못한 억울함의 그늘이 보이지 않았다. 그녀를 만난 뒤로 나는 내 주변에 "제발 내 말 좀 들어주세요!"라고 소리 없이 외치는 이들이 없는지 살피는 버릇이 생겼다. 잠시 곁을 내어 이야기를 경청했을 뿐인데, 환자들은 "속이 시원해졌다"라며 눈을 반짝였다. 암 환자들을 위해 내가 할 수 있는 가장 고귀한 간호는, 오직 그들 옆에 잠시 앉아 내 귀를 열어두는 일이었다.

그녀의 외침을 들으며, 내 답 없던 인생 이야기를 귀담아 들어주었던 수많은 얼굴이 스쳐 지나갔다. 내가 겸손히 마음을 열고 도움을 청했을 때, 천사 같은 분들이 기꺼이 내 삶 속으로 들어와 아픔을 함께해 주었기에 오늘 내가 여기 서 있을 수 있었다.

돌이켜보면 예전의 나는 타인의 이야기보다 내 이야기가 훨씬 중요했던 사람이었다. 오로지 나의 성장과 성과에만 매몰되어, 타인에게 시간을 내어주는 일조차 인색했다. 그러나 내가 아파보고 삶이 무너져 내리고 나서야 환자들의 절박한 호소가 내 가슴에 와닿기 시작했다. 누군가 내 말을 들어주었기에 나 또한 환자들의 말을 들어줄 수 있게 되었고, 그들이 참된 쉼을 얻는 모습에서 나는 더 큰 기쁨을 발견한다.

오늘도 나는 누군가의 무거운 마음을 오롯이 받아내기 위해, 내 귀를 다시 정돈해 본다.

11

내가 당신을 간호한 게 아니라, 당신이 나를 살렸습니다

운동장 너머로 항암치료 후 머리카락이 모두 빠진 환자들이 저마다 형형색색의 두건을 쓴 채 천천히 산책하는 모습이 보였다. 그 뒷모습을 바라보며 나는 쓰디쓴 혼잣말을 삼켰다. '내 인생도 저분들처럼 삶의 벼랑 끝에 서 있구나.'

그 당시 나의 가정은 형체도 없이 무너져 있었고, 일은 버거웠으며, 몸은 여기저기 망가져 있었다. 엎친 데 덮친 격으로 뇌종양 진단까지 받아 추적 관찰 중이던 내게 가장 고통스러운 것은 '모든 것이 내 탓'이라는 지독한 죄책감이었다. 살아야 할 이유조차 찾지 못한 채 그저 하루하루를 간신히 버텨낼 뿐이었다. 누군가를 돌볼 자격조차 없다고 느꼈던 나는 결국 병원을 떠나기로 결심했다. 내 인생이라는 창살 없는 감옥에서 어떻게든 탈출하고 싶었다.

사직서를 제출하려던 바로 그날, 한 통의 전화가 울렸다.

"선생님, 저 ○○이 엄마예요… 딸이 호스피스 병동으로 왔는데 이제 호흡도 느려지고 혈압도 떨어지고 있어요. 예전에 병실에서 선생님이 불러주셨던 그 노래, 딸이 마지막으로 다시 듣고 싶어 해요. 혹시 녹음해서 보내주실 수 있을까요?"

떨리는 그녀의 목소리에서 시간이 얼마 남지 않았음을 직감했다. 나는 그녀의 따님을 생생하게 기억하고 있었다. 백합화처럼 고운 아가씨였다. 대학 졸업 후 부모님을 여행 보내드리는 게 유일한 꿈이었던 착하고 성실한 딸. 그녀는 병상에서 "내가 부모님께 짐이 되었다"며 서럽게 울곤 했다. 5년의 투병 끝에 암은 뇌까지 전이되었고, 그녀는 수시로 정신을 잃고 쓰러졌다. 눈에 넣어도 아프지 않을 딸을 위해 아무것도 해줄 수 없는 현실 앞에서 엄마는 처음으로 신앙을 부여잡았다. 그리고 그 간절한 기도는 딸의 마음에도 평안의 씨앗을 심어주었다.

그녀가 침상에서 누리는 유일한 행복은 복음성가를 듣는 일이었다. "너는 담장 너머로 뻗은 나뭇가지에 푸른 열매처럼 하나님의 귀한 축복이 삶에 가득히 넘쳐날 거야. 너는 어떤 시련이 와도 능히 이겨낼 강한 팔이 있어… 주의 품에 꽃피운 나무가 되어줘."

어느 날, 그녀가 가장 좋아하던 곡을 병실에서 직접 라이브로 불러준 적이 있었다. 그녀는 아이처럼 박수를 치며 환하게 웃었다. 하루 종일 무기력하게 누워만 있던 그녀가 그토록 눈부시게 웃는 모습을 나는 처음 보았다. 곁에서 지켜보던 엄마는 "선생님, 노래가 주사보다 낫네요!"라며 기뻐했다. 그날 이후 나는 주사를 놓을 때마다 짧은 노래를 선물했다. 우리는 머리카락이 하나도 남지 않은 그녀의 모습 그대로 함께 사진도 찍었다. "미소가 해바라기처럼 예뻐요! 웃는 모습이 일품이네요!" 나는 사진 속 그녀를 향해 엄지손가락을 치켜세워 주었다.

사실 그때의 나는 병동 업무를 처음 배우던 시기라 늘 주눅 들어 있었다. 하지만 이 가족은 내가 병실에 들어설 때마다 나를 반갑게 맞아주었고, 도리어 내가 그들에게서 위로와 힘을 얻곤 했다. 그랬던 그녀가 상태가 악화되어 퇴원했다가, 이제 생의 마지막 길 위에 서 있다는 소식을 전해온 것이다.

나는 그녀와 함께 찍었던 사진을 보며 차오르는 울음을 삼켰다. 그리고 정성을 다해 노래를 녹음해 바로 보내드렸다. 이틀 후, 메시지가 도착했다.

"선생님, 의식은 없어도 귀는 열려 있다고 해서 선생님 노래를 계속 들려줬어요. 덕분에 미소 지으며 편안하게 눈을 감았습니다. 정말 감사했습니다. 선생님, 병원 떠나지 마시고 꼭 환자들 곁에 오래 남아주세요.”

문자를 읽으며 나는 한참을 멍하니 앉아 눈물을 쏟았다. 조각나고 깨어진 내 인생도 누군가에게는 마지막 선물이 될 수 있다는 사실을 나는 처음으로 깨달았다. ‘나 같은 인생도 누군가를 위해 할 수 있는 일이 있었구나!’

그날, 그 전화 한 통이 내 인생을 바꾸었다. 나는 사직서 대신 다시 간호사복을 단정히 입었다. 그때부터 나의 불행은 더 이상 보이지 않았다. 대신 환자들이 걷는 숭고한 마지막 여정이 보이기 시작했다. 생의 끝자락을 준비하는 이들에게도 저마다 간절한 소원이 있음을 깨달았다. 나의 간호는 단순히 통증을 완화하는 처치를 넘어, 그들의 남은 길 위에 따뜻한 추억 하나를 보태주는 일로 바뀌었다.

그녀가 좋아했던 노래 가사처럼, 우리 모두는 축복받은 사람들이었다. ‘어떤 시련이 와도 이겨낼 강한 팔이 있어, 주의 품에 꽃피운 나무가 되어줘.’ 나는 그 따님에게 했던 대로 하늘을 향해 두 팔을 쭉 뻗어보았다.

“와우wow!”

그날, 전화 한 통이 죽어가던 내 인생을 살렸다. 그리고 나는 마침내 알게 되었다. 내가 환자들을 살린 게 아니라, 환자들이 나를 살리고 있었다는 사실을. 그렇게 나는 다시 태어난 ‘와우’ 간호사가 되었다.

3장

삶의 가장자리에서 부르는 희망의 노래

— 1

힘 빼세요. 나는 악성 뇌종양 환자였습니다

"선생님! 뇌종양이라고요? 아이쿠… 사실 나는 악성 뇌종양 환자였습니다. 지금도 정기 검진을 받으며 살고 있고요."

그는 매일 인사만 나누고 스쳐 지나던 분이었다. 어눌한 발음, 한쪽 팔다리를 약간 절뚝거리며 걷는 뒷모습은 멀리서도 금방 눈에 띄었다. 불편한 몸으로도 병원 곳곳에서 궂은일과 봉사를 병행하며 활기차게 살아가던 그가, 그날은 유난히 심각한 얼굴로 내 앞에 섰다.

"뇌종양… 참 잔인한 병이지요. 나는 '악성 성상세포교모종'이었어요."

이야기는 2006년 겨울로 거슬러 올라간다. 연말 송년회 자리에서 갑자기 경련과 발작을 일으키며 쓰러진 그를 향해, 여섯 살 난 아들이 울부짖었다. "아빠가 죽었다!" 희미해지는 의식 너머로 들리던 아들의 비명을 끝으로 그는 응급실로 실려 갔다. 머리에 네 개의 구멍을 뚫고 조직검사를 받은 결과는 악성 뇌종양. 마흔 초반, 가정을 위해 숨 돌릴 틈 없이 앞만 보고 달려온 대가 치고는 너무도 가혹했다. 가끔 핸드폰을 받을 때 두통이 있긴 했지만, 뇌 속에 시한폭탄이 자라고 있을 줄은 꿈에도 몰랐다.

수술도 항암치료도 불가능한 위험한 위치였다. 뇌에 직접 방사선을 쬔다는 공포 때문에 치료마저 거부한 채 추적 관찰만을 선택했지만, 10개월 뒤 녹두알 같던 종양은 콩알만큼 커져 있었다. 살기 위해 받은 54회의 방사선 치료 끝에 종양은 사라졌으나 몸은 만신창이가 되었다. 경련과 발작은 시도 때도 없이 찾아왔고 왼쪽 팔다리에는 마비가 남았다. 설상가상으로 몇 년 뒤 다른 부위로 전이되어 어렵게 수술을 받았지만, 깨어난 그는 하얀 시트에 말린 '반송장'이나 다름없는 처지였다.

말은 뭉개졌고 약으로도 경련은 잡히지 않았다. 몸과 마음이 바닥까지 허물어진 그는 극단적인 선택을 시도하기도 했지만, 그조차 마음대로 되지 않았다. 결국 그는 죽을 자리를 찾으러 요양병원을 향했다. 그때 딸아이가 울며 매달렸다.

"아빠… 일찍 하늘나라에 간 아빠보다, 그냥 옆에 살아 있는 아빠였으면 좋겠어."

그 말을 가슴에 묻고 그는 바닷가 마을의 작은 요양병원으로 들어갔다. 머리카락 한 올 없이 수술 자국만 가득한 그의 머리를 보며 사람들은 '얼마 남지 않았구나'라며 고개를 저었다. 하지만 입원 첫날 강의에서 인생의 방향을 송두리째 바꾸는 문장을 만났다.

"모든 고난은 축복의 통로입니다."

병에 걸린 것이 천벌이라 믿어왔던 그에게 그 말은 망치로 머리를 얻어맞은 듯한 충격이었다. 그날 이후 그는 모든 것을 신의 손에 맡기기로 했다. 자신을 '축복의 통로'라 여기기 시작하자 삶이 변했다. 몸에는 정갈한 음식을, 마음에는 말씀과 기도를 채웠다. 그리고 비로소 '살고 싶어졌다'.

어눌한 말투와 마비된 팔다리로 그는 탁구장을 찾았다. 지팡이를 짚고 서서 탁구채를 쥐고 또 쥐었다. 사람들은 오래 못 갈 거라 비웃었지만, 3개월 뒤 그는 탁구대 앞에 당당히 섰고 어느새 다른 환자들에게 탁구를 가르치는 '선생님'이 되어있었다.

"눈뜨는 매일이 기적이에요. 산송장이던 내가 이렇게 살아 있으니 이제 욕심도 없어요. 여섯 살이던 아들은 어느덧 군대에 갔고, 울던 딸은 내가 살아 있는 것만으로도 행복해해요."

그는 지금도 6개월마다 검사를 받는다. 의사도 기적이라 부르는 그의 삶에는 비결이 있었다. "내게는 이 말이 특효약이에요. 항상 기뻐하라, 쉬지 말고 기도하라, 범사에 감사하라." 기도의 능력을 체험한 그는 이제 다른 환자들을 위한 기도 목록을 적는다. 아픈 사람의 마음은 아픈 사람이 제일 잘 안다면서 말이다. 그리고 내게 나지막이 덧붙였다.

"선생님 소식 듣고 내 기도 수첩에 선생님 이름도 올려놓고 기도하고 있어요. 이제부터 힘 빼세요. 다 하늘에 맡기시면 됩니다. 제발, 힘 좀 빼세요!"

"힘 빼세요…."

그의 생생한 투병기 끝에 건네진 그 한마디가, 잔뜩 긴장해 있던 내 어깨의 근육을 탁 풀어지게 했다. 환자가 간호사를 위로하는 이 말도 안 되는 역설 앞에서, 나는 더 이상 '불행한 뇌종양 환자'로 머물러 있을 수 없었다. 그의 기도가 내 머릿속 시한폭탄의 째깍거림을 고요하게 잠재우는 듯했다. 내가 그를 살리러 온 줄 알았는데, 사실은 그가 죽어가는 나를 살리고 있었다.

그의 이야기는 어쩌면 내가 겪어야 할 미래일지도 모른다. 그래서 더 깊은 전율이 왔다. 내게 허락된 시간이 얼마일지는 아무도 모른다. 다만 나는 말할 수 있을 때, 움직일 수 있을 때, 기뻐할 수 있을 때, 그리고 친절을 베풀 수 있을 때 환자들과 함께 하늘을 향해 손을 뻗고 싶다.

"와우!"

이 눈부신 하루를 기쁨과 기도, 그리고 감사로 채우고 싶다. 바로 내 곁에 있는 나의 위대한 스승, 환자들과 함께.

슬픔을 기쁨으로 바꾼 뒤죽박죽 콘서트

"여러분이 보고 싶어 달려왔습니다! 오늘 고고장구 장단에 맞춰 신명
나게 노래하고 춤춰 볼까요?"

"와아아! 짝짝짝!"

강당은 순식간에 뜨거운 함성으로 가득 찼다. 그것은 단순한 환호가 아
니라, 같은 아픔을 통과하고 있는 이들이 내뱉는 동병상련의 외침이었
다. 1년 전, 암 환자로 이곳에 함께 머물렀던 그녀를 모두가 기억하고

있었다. 정적을 깨는 강렬한 고고장구 장단, 알록달록한 무대의상과 화려한 분장은 보는 이들의 심장을 생기 있게 요동치게 했다.

해마다 여름이면 우리 병원에서는 '뒤죽박죽 콘서트'라는 이벤트가 열린다. 직원과 환자들이 저마다 숨겨온 끼와 장기를 마음껏 뽐내는 시간이다. 나는 그날 행사의 사회자로 무대 위에 섰다. 환자들과 격의 없이 어우러져 즐거움을 나누는 소중한 축제였다. 비록 이름은 '뒤죽박죽'이었지만, 출연자들의 열정만큼은 '명품 콘서트'라 불러도 손색없을 정도로 빛났다.

이날의 특별 게스트는 작년까지 이곳에서 투병했던 그녀였다. 객석에 앉아 있던 환자들은 그녀를 또렷이 기억했다. 항암치료에 지쳐 운동장 한 바퀴조차 걷지 못하고 남편의 부축을 받아 겨우 한 걸음씩 내딛던 그녀, 얼굴색이 검게 변해 주변의 안쓰러움을 자아냈던 그녀였다.

"찔레꽃 붉게 피는 남쪽 나라 내 고향~ 언덕 위에 초가삼간~ 그립습니다~ 아싸, 얼쑤!"

장구를 치며 무대 위아래를 종횡무진 누비는 그녀를 보며, 환자들은 마치 자신이 다 나은 것처럼 껑충껑충 뛰며 기뻐했다. 신명 나게 세 곡을 연달아 부른 뒤, 무대의 열기가 최고조에 달했을 때 그녀가 숨을 고르며 외쳤다.

"이곳에서 여러분과 함께 지내며 받은 관심과 사랑, 서로 힘내자고 응원해주신 마음 덕분에 제가 완치되었습니다! 그 고마움을 잊지 못해 다시 찾아왔어요. 퇴원한 뒤 고고장구를 배우며 매일 신나게 살고 있습니다. 여러분도 반드시 완치될 겁니다! 그날까지 우리 오늘처럼 즐겁게 살기로 해요!"

"완치! 앵콜! 짝짝짝!"

그녀의 확신에 찬 목소리에 환자들은 마치 본인이 완치 판정을 받은 듯 흥에 겨워 박수갈채를 보냈다. 그녀의 고백에 가슴 한구석이 뭉클해졌다. 자신의 가장 힘들었던 시절을 잊지 않고, 다른 환우들에게 희망을 전하기 위해 머나먼 길을 장구와 무대 장비까지 직접 챙겨 들고 찾아온 마음이 참으로 귀했다. 아내를 위해 기꺼이 매니저가 되어 동행하는 남편의 외조 또한 한 폭의 그림처럼 아름다웠다.

나는 그날 사회를 보며 정수라의 〈환희〉를 불렀다.

"그대 슬픔을 말해주오, 그대 기쁨을 말해주오. 우리 서로 아픔을 같이할 때 행복할 수 있어요…."

그 순간만큼은 모든 근심과 죽음에 대한 두려움을 내려놓고, 우리 모두가 '기쁨'이라는 이름으로 하나가 되었다. 항암치료 중에도 틈틈이 준비한 역동적인 라인댄스, 감동의 선율이 흐르는 기타연주, 잠자던 면역력을 깨우는 훌라댄스, 그리고 멈췄던 심장을 다시 뛰게 해준 그녀의 고고장구까지.

"에덴 가족 여러분! 우리 몸에는 네 가지 만병통치약이 있다고 해요. 특히 이 호르몬은 우리가 기쁠 때, 흥이 날 때, 그리고 깊은 감동을 받을 때 분비됩니다. 엔도르핀보다 무려 4,000배나 강한 진통제이자 면역증 강제인 이 행복 호르몬의 이름은 무엇일까요?"

내가 퀴즈를 던지자 환자들이 입을 모아 외쳤다.

"다이돌핀Didorphin!"

평소 우리는 통증 때문에 밤잠을 설치기 일쑤였다. 하지만 그날 밤만큼은 다이돌핀의 과다 분출로 인한 행복감 때문에 쉽사리 잠을 이룰 수가 없었다. 비싼 가격에 절차도 복잡한 면역증강제를 온종일 공짜로 듬뿍 맞은 날이었다.

우리는 모두 다음 뒤죽박죽 콘서트를 손꼽아 기다리게 되었다. 제2의 고고장구 기적, 그 눈부신 주인공이 내가 되기를 조용히 소망하면서 말이다.

여섯 개의 폭탄을 안고, 기타를 치기 시작했어요

"타오르는 꿈을 안고 사는 젊은이여~ 행복은 언제나 마음속에 있는 것
~ 괴로움은 모두 저 강물에 버려요~ 내일을 위해서 암을 불~ 태워
요! 짠자잔! 하하하!"
병원의 휴게실, 경쾌한 기타 선율에 맞춰 환자들의 노랫소리가 울려 퍼
진다. 나는 시간이 날 때마다 자석에 이끌리듯 그 기타 반을 찾곤 했다.
그곳에는 보기만 해도 절로 힘이 나는 한 분이 계셨다. 매주 수요일마다

환우들을 위해 기타 교실을 여는 분, 그 역시 암과 처절한 사투를 벌이고 있는 환자였다.

그는 유명한 대중가요 가사를 우리 상황에 맞게 재치 있게 개사해 불렀다. 환자들은 가사 한 줄에 아이처럼 울다가도 이내 배꼽을 잡고 웃음을 터뜨렸다. 병원 내 행사 때마다 기타 반의 공연이 늘 하이라이트를 장식하는 이유였다.

"여러분, 제 몸 안에는 시한폭탄이 여섯 개나 있었어요. 병원에선 고작 6개월 남았다고 하더군요. 그때부터 유서를 쓰고 부고장까지 다 준비했습니다. 마지막을 정리할 요양병원을 찾아 전국을 돌아다녔죠. 그러다 여기 언덕 숲속에서 네잎클로버를 발견했지 뭡니까. '아, 바로 여기다! 여기 입원하면 내게도 행운이 오겠구나' 싶었죠."

그는 당당하게 자신의 이야기를 이어갔다. "처음 입원했을 때, 제 몸에는 배출관만 서너 개가 꽂혀 있었어요. 통증도 심했지만, 이대로 앉아서 죽을 날만 기다릴 수는 없겠다 싶었죠. 남은 시간이 너무 아까웠거든요. 그래서 예전에 조금 배웠던 기타를 다시 잡았습니다. 항암치료 때문에 손가락 끝이 갈라지고 피가 났지만, 기타 줄을 튕기는 그 진동이 내 아픈 배 전체에 전달될 때의 울림이 얼마나 좋았는지 모릅니다."

생생한 경험담이 이어지면 환자들은 숨을 죽이고 그의 말에 귀를 쫑긋 세웠다. 환자들은 타인의 고통스러운 경험을 누구보다 진심으로 경청하고 반응해주었다.

그 모습은 지켜보는 것만으로도 경이로운 광경이었다.

간호사인 나는 그의 주치의만큼이나 그가 견뎌온 시간을 잘 알고 있었다. 2019년 편도암 진단을 받은 그는 항암과 방사선, 중입자 치료까지 견디며 집중 치료를 받았다. 잠시 호전되는 듯했으나 몇 년 후 암세포는 다섯 군데로 다시 퍼져나갔다. 다발성 재발은 그에게 사형선고와도 같았다. 6개월 시한부 선고를 받은 그는 마지막을 정리하려 이곳에 입원했다. 정년퇴직 후 성인이 된 아들과 남미를 횡단할 정도로 열정적인 탐험가였던 그에게 병마는 가혹한 시련이었다.

"와, 남미 여행은 젊은이들에게도 험난한 곳인데 정말 대단하세요!" 그가 남미 여행 사진을 보여주었을 때, 나 또한 그곳을 여행했던 경험자로서 진심 어린 찬사를 보냈다. "얼른 회복하셔서 가고 싶은 곳 다시 여행하셔야죠?" 나의 응원에 그는 늘 환하게 웃으며 대답했다. "네, 그럼요. 또 갈 겁니다." 은퇴했지만 그의 생각은 누구보다 젊고 밝았다. 몸에 여러 개의 배출관을 달고서도 그는 항상 먼저 인사했고, 먼저 감사했다. 간호사들을 위해 간식을 챙기고 주변 환자들을 살피는 배려가 몸에 밴 신사였다.

그러던 어느 날, 기적이 찾아왔다. 배출관을 하나둘 제거하더니 그가 상기된 얼굴로 간호사실을 찾은 것이다.

"선생님, 제 몸속의 시한폭탄들이 다 사라져서 이제 보이지 않는답니다!"

그 말을 듣는 순간 나는 아무 말도 할 수 없었다. 그가 버텨낸 고통의 시간들이 파도처럼 밀려왔기 때문이다. "정말요? 세상에! 그동안 너무 고생 많으셨어요! 진심으로 축하드려요!" 간호사실에서는 누가 먼저랄 것도 없이 기립박수가 터져 나왔다. 그는 모든 공을 의료진에게 돌리며 고개를 숙였다. 나는 기쁜 마음으로 물었다. "이제 원하시는 더 넓은 세상으로 다시 여행 다니셔야죠?"

"아뇨, 괜찮습니다. 병원 주변이 이미 제게는 가장 훌륭한 여행지인 걸요. 이제부터 환자분들과 기타를 치며 신바람 나게 지내보려고요."

그것은 예상 밖의, 하지만 가장 그다운 대답이었다.

완치 비결을 묻는 이들에게 그는 늘 겸손하게 답한다. "현미밥 꼭꼭 씹어 먹고, 맑은 물 마시고, 산행하며 맑은 공기를 실컷 마십니다. 햇볕을 쐬고 아침마다 환자들과 국민체조를 하며 하루를 열지요. 종일 좋은 사람들을 만나고 일찍 푹 쉽니다. 그리고 무엇보다, 환자들과 기타를 치며 봉사하는 지금 이 순간이 제게는 가장 큰 선물이고 행복입니다."

그는 예전의 삶의 습관을 미련 없이 내려놓고, 병원에서 배운 새로운 일상을 꾸준히 실천하고 있었다. 그가 이끄는 기타 반은 이제 신규환자들에게 가장 인기 있는 치유 프로그램이 되었다. 그는 해마다 환자와 직원들에게 생일 떡을 돌린다. "○○○ 님의 생일 떡을 먹으니 우리도 더 살 수 있을 것 같아요. 고마워요." 환자들의 덕담 속에 희망의 바이러스가 향기롭게 퍼져나갔다.

오늘도 그는 기타 반 단체 대화방에 메시지를 올린다. "오늘은 새해 첫 기타 교실이 있는 수요일입니다. 1층에서 뵙겠습니다." 그의 새해는 그렇게 다시 밝았다. 이번에는 또 어떤 곡으로 우리에게 위로를 건네실까.

그를 만난 후 나는 하나의 결심을 했다. 그에게 배운 기타를 메고, 병실 밖으로 나오지 못하는 환자들을 찾아가기로 말이다. 기타의 선율이 한 사람을 살려냈다면, 그 울림은 분명 또 다른 누군가의 고단한 하루를 건너게 할 다리가 되어줄 것이라 믿었다.

그 후로 나는 정말 기타를 메고 병실을 다녔다. 서툰 코드를 잡으며 노래를 불러드리고, 그 기적의 이야기를 선율에 실어 들려주었다. 어두웠던 병실은 어느새 희망의 촛불이 켜진 듯 포근해졌다.

"똑똑."

오늘도 나는 기타를 메고, 누군가의 소중한 하루를 조심스레 두드린다.

사망 선고를 이긴 일본어 선생님의 승전보

"'오하요 고자이마스.' 아, 이 말이 아침 인사군요."

"그럼 '감사합니다'는 일본어로 어떻게 말해요?"

"'아리가또 고자이마쓰'라고 말하면 돼요."

기본적인 인사말을 넘어 그녀의 일본어 실력은 유창했다. 투병 생활에 지친 그녀에게 조금이라도 활기를 불어넣고 싶어 나는 틈날 때마다 일본어를 묻곤 했고, 그때마다 그녀는 엷은 미소를 지으며 다정하게 가르처 주었다.

20대 후반, 구슬처럼 커다란 눈망울을 가진 그녀는 늘 눈물 젖은 미소를 머금고 있었다. 지성과 미모를 겸비했던 그녀의 꿈은 일본어 선생님이었다. 하지만 꿈을 향해 달음박질하던 직장 생활 중 덮친 극심한 스트레스는 원인 모를 병마를 몰고 왔다. 젊은 나이에 마주하기엔 너무도 가혹한 '유방암'이었다.

재원才媛인 그녀가 속절없이 앓아누운 모습은 보는 것만으로도 가슴이 아렸다. 간호사인 나도 이런데, 곁을 지키는 부모님의 속은 오죽 타들어 갔을까. 처음 만났을 때 그녀의 한쪽 가슴은 머리 크기만 한 암세포가 피부 밖으로 뚫고 나와 뒤덮고 있었다. 드레싱을 시작하면 한 시간이 훌쩍 넘게 걸릴 만큼 상태는 심각했다. 눈부신 지성도, 청춘의 아름다움도 그 처절한 상처와 악취 앞에서는 무력해 보였다.

치료 시기를 놓쳤다는 이유로 여러 병원에서는 "가망 없다"는 말과 함께 그녀를 외면했다. "어차피 몇 달 남지 않았다"는 차가운 선고는 그녀를 의료의 테두리 밖으로 밀어냈고, 야박한 문전박대 속에 그녀는 삶의 벼랑 끝에 서야 했다. 그녀는 마지막 지푸라기라도 잡는 심정으로 이곳을 찾아왔다. 그리고 이곳에서 처음으로 환자다운 치료를, 아니 환자가 아닌 '사람'으로서의 존중을 받았노라 고백했다.

당시 나 역시 삶이 냄새나는 피투성이처럼 느껴지던 때였다. 그녀의 고통이 결코 남의 일 같지 않았다. 그녀와 보호자의 눈빛에는 이미 이별을 준비하는 그림자가 짙게 깔려 있었지만, 나는 이대로 그녀를 보낼 수가 없었다. 그녀의 얼굴에 아주 작은 미소라도 되찾아주고 싶어 어느 날 조심스레 제안했다.

"○○ 님, 살면서 가장 자랑스럽고 행복했던 시절의 사진 몇 장만 가져다줄 수 있을까요?"

며칠 뒤, 보호자가 건네준 사진들을 보며 그녀의 목소리가 처음으로 밝아졌다. "선생님, 이 사진은 일본 유학 때 학생들과 찍은 거고요, 이 사진은…." 사진 속 그녀는 꿈 많은 유학생이었고, 생기로 가득했다. 나는 그 사진들을 파노라마처럼 엮어 병실 벽에 정성껏 붙였다. 그리고 사진 아래에 메모란을 만들어 방문객들이 응원의 메시지를 남길 수 있게 했다. 내가 먼저 사랑의 글을 남겼고, 뒤이어 많은 이가 따뜻한 마음을 보탰다.

사진 속 행복했던 자신을 마주하며 그녀의 예쁜 얼굴에도 조금씩 생기가 돌기 시작했다. 나는 사토 도미오 박사의 글을 인용해 그녀를 격려했다. 긍정적인 말을 큰소리로 외치면 뇌가 그것을 현실로 받아들여 자율신경계가 깨어나고 몸과 마음이 그 방향으로 움직인다는 이야기였다.

"우리, 힘들지만 함께 해봐요. '나는 매일 모든 면에서 점점 좋아지고 있다. 나는 일본어를 가르치는 선생님이 되었다'라고요."

그녀는 고개를 갸우뚱하면서도, 이뤄질 수 없을 것만 같은 미래를 입술로 그리기 시작했다. 벽에 붙은 응원 메시지를 읽으며 그녀는 비로소 소중한 미소를 되찾았다.

그러나 암은 마지막 발악을 하듯 그녀의 가슴을 다시 피로 물들였다. 한번 시작된 출혈은 멈추지 않았다. 동료가 응급처치를 하는 동안 나는 불안에 떠는 그녀의 손을 꼭 잡고 간절히 기도했다. 무엇을 빌어야 할지도 모를 만큼 당황스러웠지만, 그저 이 가여운 영혼과 하나님이 끝까지 함께해 주시길 울며 매달렸다. 나는 결국 그녀를 구급차까지 눈물로 배웅했다.

'아, 이것이 마지막이겠구나. 이제 편안히 쉬세요. 안녕…'

구급차가 산등성이를 넘어 사라질 때까지 나는 손을 흔들며 서 있었다. 우리 모두는 그것이 영원한 작별인 줄로만 알았다.

하지만 몇 년 뒤 어느 여름날, 나는 꽃다발을 든 채 그녀와 다시 마주했다. 그녀는 살아 있었다. 아니, 꼿꼿하고 당당하게 서 있었다. 우리는 서로의 간절함이 서로를 살렸음을 직감했다.

"응급실로 실려 가던 날, 사실 장례식장으로 바로 가게 될 줄 알았어요. 의식은 흐릿했지만, 선생님의 기도 소리만큼은 또렷하게 들렸어요."

기적은 응급실에서 시작되었다. "한번 치료해 봅시다"라고 말하는 천사 같은 의사를 만났고, 항암치료 25차를 무사히 마친 뒤 정기검진을 받는 날까지 온 것이다. 그녀는 병실에 붙여두었던 그 사진들을 집안 곳곳에 붙여두었다고 했다. 절망 가운데 내뱉었던 말들은 현실이 되었고, 그녀는 정말 일본어를 가르치는 선생님이 되어있었다.

"선생님, 제 가슴 기억하시죠? 지금은 그 커다란 암 덩어리가 다 사라지고 손톱보다 작은 상처만 남았어요."

살짝 보여주는 그 작은 흔적을 보며, 나는 잘 버텨준 그녀가 고마워 뜨거운 눈물을 쏟았다. "지금도 그때를 생각하면 힘들지만, 산송장 같던 날들을 지나왔으니 이제는 감사뿐이에요. 마음껏 웃고 가족과 추억도 만들고, 산에도 다녀요. 일본어도 가르치며 꿈을 이뤘으니 더 바랄 게 없어요."

그녀는 강의하는 모습이 담긴 영상을 보여주며 승전보를 울리는 여전사처럼 웃었다. 곁에서 미소 짓는 보호자의 얼굴에도 생기가 넘쳤다. 그녀는 내가 요양병원에서 오래 일할 수 있도록 기도해왔노라 덧붙였다. 그녀의 기도 덕분에 나 또한 그 힘든 시간들을 버텨낼 수 있었던 것이다. 그녀가 다시 나를 살렸다.

그날의 정기검진 결과는 한 문장이었다. "Very good! 하나님께서 ○○○ 님을 많이 사랑하시나 봅니다." 그날 그 의사는 그녀를 진심으로 격려해 주었다고 한다.

모든 것이 끝난 것 같아도 결코 끝은 아니었다. 눈에 보이는 암보다 무서운 것은 보이지 않는 절망의 어둠이었다. 꺼져가는 불씨에 작은 불쏘시개가 되어주는 일, '와우' 간호사로 살아가는 것이 얼마나 행복한지 다시금 깨닫는 순간이었다.

그 후로 나는 병원 행사 때마다 이 기적 같은 이야기를 웅변하듯 발표

했다. 이야기를 들은 환자들은 전율과 희망을 얻었노라 고백했다. 가망 없다는 말은 단지 우리의 절망이 빚어낸 착각일 뿐이었다.

이제 환자들은 확신을 갖고 매일 아침 승전가를 외친다.

"나는 건강하다! 우리는 날마다 모든 면에서 점점 좋아지고 있다!"

각자의 방에서 울려 퍼지는 그 힘찬 외침과 함께, 요양병원의 아침이 눈부시게 눈을 뜬다.

— 5

사랑의 링거

병원에서는 일 년에 두 번, 봄과 가을이면 '문학의 밤' 행사가 열린다. 직원들과 환자들이 직접 가슴으로 써 내려간 시를 낭독하며 서로의 아픔을 보듬는 시간이다. 그날도 나는 행사의 사회자로서 환우들과 함께 문학이 주는 위로의 빛으로 물들어가고 있었다. 그때, 무대 위로 백조처럼 우아한 그녀가 올라와 직접 쓴 시를 나직이 낭독하기 시작했다.

훤칠한 키에 사뿐사뿐 내딛는 발걸음. 항암치료로 지친 그녀의 얼굴은 창백한 빛이었지만, 숨길 수 없는 기품이 그 위로 눈부시게 피어올랐다. 사실 그녀는 항암 부작용으로 입안이 온통 헐어 있는 상태였다. 온몸에 성한 곳 하나 없는 고통 속에서 그녀는 대체 언제 펜을 들었던 것일까.

보통의 암 환자들에게 '링거'란 공포의 대상이다. 가늘고 약해진 혈관에 꽂히는 주삿바늘은 늘 날카로운 통증을 동반하기 때문이다. 그런데 그녀가 붙인 시의 제목은 놀랍게도 「사랑의 링거」였다. 그 경이로운 발상에 나와 환자들의 고정관념은 조용히 뒤집혔다.

사랑의 링거

오늘도 좋은 날을 선물로 받았습니다

리터당 찍히는 금액은 없지만 맑은 공기를 공급받고

따뜻한 햇빛으로 몸을 데우고 서늘한 바람에 땀 식히며

푸른 하늘에 펼쳐진 한 폭의 그림을 감상합니다

보이지 않지만 들리지 않지만

유기적으로 흐르는 사랑의 숨을 느끼며

나를 위해 기도하는

모든 이들의 안녕을 소망하며

오늘도 무한한 은혜가 흐르는 사랑의 링거를 맞습니다

그녀의 마음처럼 고운 시를 감상하며, 나는 식사를 못 해 수차례 수액을 맞아야 했던 그녀의 가녀린 팔을 떠올렸다. 시 속에서는 "좋은 날을 선물 받았다"고 노래했지만, 현실의 그녀에게 주어진 하루는 매일이 가혹한 과제였다. 처음 발견했을 때 이미 암은 4기였고, 간을 비롯해 온몸 여기저기에 씨앗처럼 퍼져 있었다. 대수술 후 무너져 내린 몸과 면역 저하로 헐어버린 살결을 안고서도, 그녀는 단 한 번도 원망이나 불평을 터뜨리지 않았다.

입원한 지 얼마 되지 않았을 무렵, 그녀가 다급하게 응급 벨을 누른 적이 있었다. 달려가 보니 수술 후 배설의 문제를 해결하지 못해 얼굴이 노랗게 질린 채 식은땀을 비 오듯 흘리고 있었다. "살려주세요…." 그 고통을 누구보다 잘 아는 나는 정성을 다해 그녀의 처치를 도왔다. 고비를 넘긴 그녀는 작은 일에도 늘 고마움을 표하며 간호사실에 온기를 한가득 안겨주곤 했다. 그녀는 마음씨마저 비단결 같은 '백조 천사'였다.

세 자녀를 둔 그녀는 한창 성장 중인 막내아들 이야기만 나오면 목소리가 파르르 떨리곤 했다. 나는 긴 투병 끝에 탄생한 그녀의 자작시 「사랑의 링거」를 듣고 극찬을 아끼지 않았다. 나의 진심 어린 칭찬에 용기를 얻었는지, 그녀는 가시밭길을 걸으며 써 내려간 시들을 여러 편 더 보여주었다.

"선생님, 저는 제 몸에 살고 있는 암과 어떻게든 친하게 지내보려고 최선을 다했어요."

그녀의 창백했던 얼굴에 어느덧 봉숭아 꽃물 같은 생기가 감돌았다. 조개가 모래알을 품고 그 시린 통증을 견뎌낸 뒤에야 영롱한 진주를 만들어내듯, 그녀는 암이라는 고통의 울부짖음을 감사의 시로 승화시키고 있었다.

병원에서 시화전이 열렸을 때, 그녀가 낳은 시들은 전시장 곳곳에 탐스러운 열매처럼 열려 있었다. 나는 그녀의 시를 음미하고 또 음미하며, 투병이라는 거친 길 위에서 삶의 새로운 의미를 길어 올린 그녀에게 뜨거운 박수를 보냈다. 그녀가 단단히 서서 감사의 시를 엮어가는 시간 동안, 그녀의 몸도 가족도 어느덧 각자의 자리를 찾으며 단단하게 성장해가고 있었다.

암을 벗 삼아, 암을 다독이고 어르고 달래며 그녀는 삶의 모든 비극을 아름다운 시로 변주變奏시켰다. 조만간 그녀만의 시집이 세상에 나올 것만 같다. "언젠가 시집이 나오면 제가 제일 먼저 사인 받을게요!" 나의 말에 그녀가 다시금 불그스레 미소를 짓는다. 그녀가 쓴 시의 한 구절처럼, 무한한 은혜가 흐르는 눈부신 미소를 말이다.

6

저도 삭발해 주세요

"여호와는 나의 목자시니 내가 사망의 음침한 골짜기로 다닐지라도…
주의 지팡이와 막대기가 나를 안위하시나이다. 내가 여호와의 집에 영
원히 거하리로다."

문학의 밤 행사의 분위기가 한참 무르익어 가고 있었다. 무대 위로 한
부부가 올라와 성시聖詩 한 구절 한 구절을 정성껏 낭독하며 서로의 손
을 맞잡았다. 낭독 중간중간, 꿀이 뚝뚝 떨어지는 다정한 눈빛으로 서로

를 바라보다가 다시 청중을 향해 미소 짓는 그들의 모습에 객석에서는 부러움 섞인 박수가 터져 나왔다.

보통은 홀로 외로이 투병 생활을 견뎌내는 경우가 많지만, 이 부부는 달랐다. 남편은 아내를 지키기 위해 당분간 모든 생업을 접고 오직 아내의 곁만을 그림자처럼 지키고 있었다. 낭독이 끝나고 머리카락이 짧은 아내가 조심스레 입을 열었다.

"안녕하세요, 입원 중인 ○○○입니다. 저는 갑자기 뇌동맥류로 쓰러져 응급 수술을 받게 되었어요. 수술 후 열 시간 동안이나 의식이 돌아오지 않았죠. 그때 저는 정말로 사망의 골짜기를 헤매고 있었습니다. 그런데 제가 깨어나지 못하는 원인을 찾기 위해 전신 검사를 하던 중, 생각지도 못한 난소암이 발견되었어요. 천만다행으로 의식은 돌아왔지만, 머리가 채 회복되기도 전에 난소암 수술과 항암치료를 연달아 받아야 했습니다."

떨어지는 뇌 기능을 붙잡기 위해 그녀는 남편과 함께 시편 23편을 외우고 또 외웠다고 했다. "신기하게도 하나님의 지팡이와 막대기가 나를 안전하게 보호하시고, 생명의 샘으로 인도하신다는 믿음이 생겼어요. 모든 것이 불안하고 두려웠던 순간들을 이 말씀으로 버텨왔습니다. 여러분도 많이 힘드시죠? 이 시를 꼭 추천해 드리고 싶어요. 우리 함께 힘내요."

그녀의 담담한 고백에 환자들은 뜨거운 눈물로 화답했다. 사망의 골짜기가 얼마나 깊고 어두운지 몸소 아는 이들이기에 그 박수는 더욱 묵직한 울림을 담고 있었다. 이야기가 끝나자 남편은 아내의 손을 다시 고쳐 잡고 천천히 무대를 내려갔다.

세상에 쓸모없는 고난은 없었다. 그녀를 쓰러뜨린 뇌동맥류가 아니었더라면, 난소에 숨어 있던 더 큰 시한폭탄을 결코 발견할 수 없었을 것이기 때문이다. 평소 그녀는 미용실 원장으로서 고객들의 머리카락을 정성껏 가꾸어주는 일에 최선을 다해왔다. 그런 그녀에게 항암치료로 머리카락이 한 줌씩 빠지는 경험은 살을 베어내는 듯한 아픔이었을 것이다.

눈물이 머리카락 양만큼 쏟아지던 날, 그녀는 결국 삭발을 결심했다. 그때 곁을 지키던 남편이 단호하게 말했다. "내 아내가 혼자 머리를 자르면 너무 외롭잖아요. 나도 같이 삭발해 주세요." 남편의 고집을 아무도 꺾을 수 없었다. 그 후 민머리가 된 부부는 커플로 맞춘 예쁜 두건을 쓴 채 병원 곳곳을 누볐다.

그런 남편의 사랑을 보며 그녀는 "이 사람 정말 못 말려요"라며 수줍게 웃었다. 나는 그 모습에 진심을 담아 응원했다. "그 지독한 사랑을 누가 말리겠어요. 위대한 사랑의 힘은 그 어떤 항암제보다 훨씬 더 강하답니다. 분명히 건강을 회복하실 거예요."

그녀는 혹여나 부부의 다정한 모습이 홀로 투병하는 다른 환자들에게 민폐가 되지는 않을까 늘 배려했다. 하지만 나는 단호히 말했다. "아니에요. 두 분의 아름다운 동행을 보며 다른 환자들도 큰 위로와 축복을 받고 있어요. 두 분의 온기가 이 차가운 병동 모두에게 전달되고 있거든요."

부부는 사망의 골짜기를 함께 통과해 마침내 생명의 샘가에 닿아 있었다. 그들은 지금 함께하는 이 고통의 시간이 역설적이게도 '생명의 샘물'이라 말하며, 투병 기간 내내 함께 울고 웃고 서로의 상처를 싸매주었다. 그 사랑은 진정 암보다 강했다.

부부가 퇴원하던 날, 두 사람의 머리카락은 어느덧 무성하게 자라 있었다. 멀어져가는 부부의 뒷모습을 보며 나는 가슴 뭉클한 감동을 느꼈다. 그들은 이미 서로의 곁에서 '살아 있는 시편'이 되어 걷고 있었다. 누군가 곁에서 함께 걸어준다는 사실만으로도 삶이 얼마나 든든해질 수 있는지 그들은 몸소 보여주었다.

'나 또한 단순한 치료자가 아니라, 환자들 곁에서 끝까지 함께 걷는 동행자로 살고 싶어.'

멀어져가는 부부의 뒷모습 위로, 나만의 작은 시편 기도를 얹어보았다.

7

딸 결혼식 날, 그 고운 손 꼭 잡아주고 싶어요

"딸 결혼식 날짜를 잡아놓고 입원했습니다. 그날, 제 딸아이 손을 잡고 식장에 꼭 같이 들어가고 싶어요."

평소 건강만큼은 자신했던 그는 자신이 '폐암'이라는 진단을 받았다는 사실이 여전히 믿기지 않는다는 듯한 얼굴로 말했다. 그는 평생을 신실한 장로로서 교회를 섬겨온 분이었다. 큰 사업을 운영하면서도 그에게 인생의 1순위는 언제나 교회 일이었다. 신망이 두터웠던 그였기에 입원 중에도 교인들의 안부 전화와 문자가 끊이지 않았다.

"하나님께서 우리 가족에게 너무 가혹하시다. 어떻게 아버지 같은 분에게 이런 일이 생길 수 있나."

온 가족이 원망 섞인 탄식을 내뱉었을 때, 그는 허허 웃으며 가족들의 마음을 달랬다. 하지만 미소 뒤에 가려진 그의 눈빛에는 아버지 하나님을 향한 내심 섭섭한 마음이 서려 있었다. 나는 그 흔들리는 마음을 가만히 응시하며 말했다.

"맞아요. 진단을 받으시고 얼마나 놀라고 속상하셨겠어요."

내 말에 그의 눈에 순식간에 눈물이 고였고, 그는 말없이 고개를 끄덕였다.

"따님 결혼식이 따뜻한 봄날이네요. 하나님께서도 '아버지'이시잖아요? 누구보다 ○○○ 님의 마음을 잘 알고 계실 거예요. 따님 손 꼭 잡고 식장에 당당히 들어가게 해주실 겁니다. 꿈이 있는 사람은 회복도 빠르거든요. 그러니 오늘 하루씩만, 이곳에서 행복한 시간을 누려보세요."

그는 내 말을 낮은 목소리로 되뇌었다. "하루씩만⋯." "네, 그럼요!" 나는 암 환자들에게 '하루'라는 시간이 얼마나 경이로운 기적인지 잘 알고 있었다. 그래서 내 대답은 조심스러우면서도 단호했다. 우리는 그 간절한 소망이 이뤄지길 함께 기도했다. 사실 진단을 받은 후로는 기도조차 나오지 않았다고 그는 고백했다. 나는 그 막막한 심정을 누구보다 잘 알기에 이렇게 덧붙였다.

"우리의 깊은 한숨도 다 기도라고 해요. 하나님은 그 한숨 속에 담긴 진심을 다 아시니, 마음껏 한숨 쉬셔도 괜찮습니다."

병실을 나오며 나는 그가 하나님께 품었던 서운함이 눈 녹듯 풀리기를 간절히 바랐다. 한동안 그는 우울감 때문인지 병실 밖으로 좀처럼 나오지 않았다. 그러던 어느 날, 주사를 놓으러 방문한 내게 그가 완전히 달라진 얼굴로 말을 쏟아냈다.

"선생님, 저는 평생 하나님께서 일 잘하는 나를 좋아하시는 줄로만 알았습니다. 교회 일만 열심히 하면 그게 좋은 신앙인 줄 알았죠. 아프고 힘든 교인들을 보면 제가 뭐라도 된 양 거들먹거리며 위로하곤 했습니다. 그런데 내가 직접 아파보니 그게 다 형식적인 일이었더군요. 이제는 누가 아프다는 소리만 들어도 가슴이 저려와요. 위로 한마디를 전하는 것도 조심스러워지고요. 참된 신앙이 무엇인지 이제야 알 것 같습니다. 이 마음을 주신 하나님께 감사합니다. 아파봐야 비로소 남을 이해하게 되네요."

그는 기쁨의 눈물을 글썽였다. 몸보다 마음이 먼저 회복되고 있다는 강렬한 신호였다. 암 환자들을 간호하며 매번 느끼는 것이지만, 그들에게는 가식이 없다. 그들이 토해내는 말들은 밤하늘의 별처럼 투명해서, 내 마음에 담으면 그대로 반짝이는 보석이 된다.

그의 얼굴에는 이제 빛이 났다. 예배일이면 먼 길을 마다치 않고 본인의 교회를 찾아가 예배를 드리고 돌아왔다. 돌아오는 그의 발걸음은 깃

털처럼 가벼워 보였다. 수술 후 그를 괴롭히던 가슴 통증과 기침도 눈에 띄게 줄어들었다. 그는 힘든 치료의 시간조차 하나님이 주신 선물 같다고 고백했다. 그렇게 그의 하루하루에는 감사와 기쁨이 차곡차곡 쌓여갔다.

그러던 어느 날, 그가 상기된 목소리로 소식을 전해왔다. "정기 검진을 받고 오는 길입니다. 선생님, 암이 다 사라졌대요!"

마음이 먼저 회복된 환자들에게서 마주하는 경이로운 순간이었다. "정말 축하드려요! 그동안 맘고생 많으셨어요!" 이 소식은 그를 위해 기도했던 가족과 교우들에게 거대한 기쁨이 되었다. 하지만 그는 곧장 퇴원하는 대신 병원에 더 머물며 차량 봉사를 시작했다. 처음 입원해 두려움에 떠는 환자들을 서울의 대형 병원까지 태워다 주며, 그는 누구보다 깊은 공감으로 그들의 마음을 어루만졌다. 자신이 아픈 후에야 깨달은 아버지 하나님의 마음을 나누는 그의 말은, 수만 번의 설교보다 더 진한 울림을 주었다.

벚꽃이 새하얀 눈송이처럼 온 세상을 덮던 어느 봄날, 드디어 따님의 결혼식이 열렸다. 나 또한 그 기쁜 자리에 참석했다. "아니, 선생님! 이 먼 곳까지 어떻게 오셨어요?" "꼭 직접 뵙고 축하해 드리고 싶었습니다. 오늘 정말 멋지세요!" 진심을 담아 축하의 인사를 건넸다.

"아름다운 봄날의 여왕, 신부 입장!"

웅장한 음악이 흐르고 하객들의 박수가 쏟아졌다. 그날 내 눈에 들어

온 것은, 하얀 드레스를 입은 딸의 손을 결코 놓지 않으려던 아버지의 단단한 손길이었다. 그 뭉클한 뒷모습을 보며 내 가슴도 벅차올랐다.

나는 그날의 일을 굳이 '기적'이라 부르지 않기로 했다. 그것은 한 사람이 절망 속에서도 끝내 포기하지 않고 자신의 자리를 지켜내며 일궈낸, 아주 평범하고도 위대한 '하루'의 결실이었으니까.

8

나의 가장 강력한 스펙은 '암 환자'입니다

어느 평화로운 '문학의 밤' 행사 날이었다. 나는 그날도 사회자로서 무대 위 순서를 진행하고 있었다. "다음 순서는 환자와 직원들이 함께 꾸미는 몸 찬양 팀입니다."

한 여성이 무대 중앙으로 나와 다소곳이 인사를 건넸다. 음악이 시작되자 그녀는 선율에 몸을 맡기듯 부드러운 손짓과 깊은 눈짓, 그리고 떨리는 발끝으로 노래 가사를 온몸으로 그려내기 시작했다. 일전에 병원 복도에서 마주쳤을 때부터 어딘지 모를 맑은 향기를 뿜어내던 그녀였다.

행사가 끝난 뒤 병실에서 다시 만난 그녀에게 나는 진심 어린 감탄을 전했다. "몸 찬양이 그렇게 아름다울 수 있다는 걸 오늘 처음 느꼈어요. 혹시 예전에 무용을 전공하셨나요?"

나의 물음에 그녀는 환하게 웃으며 자신의 지난 삶을 스스럼없이 들려주었다. 그녀의 투병기는 잔혹하리만큼 끈질기고 치열했다. 2013년 위암 판정을 받고 첫 수술을 마쳤으나, 불과 10개월 만에 암세포는 다시 고개를 들었다. 재발이었다. 그리고 7개월 뒤, 암은 세 번째 발톱을 드러냈다. 의사는 그녀의 몸이 이미 '암 밭'이 되었다며 고개를 저었다. 위를 70%나 잘라내야 했던 세 번째 수술대 위에서 그녀는 생사의 벼랑 끝을 보았다.

"암은 결코 호락호락한 상대가 아니더라고요. 삶을 근본적으로 리셋 Reset하지 않으면 안 된다는 걸 그때 뼈저리게 절감했죠."

그렇게 환자의 몸으로 우리 요양병원을 찾았던 그녀는 이곳에서 '뉴스타트'라는 새로운 삶의 문법을 만났다. 맑은 공기와 따스한 햇볕, 소박한 채식 식단으로 몸을 비워내고 마음의 독소까지 씻어내며 그녀는 서서히 부활하기 시작했다. 한 달만 머물려던 요양병원 생활은 어느덧 6개월이 되었고, 5년의 세월이 흐른 뒤 그녀는 마침내 암 완치 판정과 함께 산정특례 해제라는 기적 같은 소식을 들었다.

퇴원을 앞둔 어느 날, 그녀는 가슴 깊이 품어왔던 소중한 꿈 하나를 내게 꺼내 놓았다. "선생님, 사실 늦었지만 제게 간절한 꿈이 하나 생겼어요. 간호사가 되어 다시 이곳으로 돌아오고 싶습니다. 제가 받은 이 치유의 기쁨을 다른 환우들에게도 꼭 나눠주고 싶어요."

그녀의 눈빛은 확고했다. 나는 전율을 느끼며 그녀의 꿈에 뜨거운 박수를 보냈다. "정말요? 간호사가 된 것은 제 평생 가장 잘한 결정이었어요. ○○○ 님이 간호사가 되어 돌아오신다면, 환자들에게 그 어떤 위로보다 큰 희망이 될 거예요. 벌써부터 가슴이 벅차오르네요. 졸업하고 돌아오시는 날, 제가 멋진 선물을 드릴게요."

흔들리는 그녀의 눈빛에 힘을 실어주며, 나는 간호사로서 보내는 보람찬 하루들에 대해 이야기해 주었다. 공부하다 힘들 때면 언제든 연락하라며 마음의 손을 내밀었다. 그녀가 퇴원하던 날, 예쁜 손수건 한 장과 정성 어린 손편지를 내게 건넸다. 나는 그 손수건을 차마 쓰지 못하고 고이 간직한 채, 생각날 때마다 그녀의 도전을 기도로 응원했다.

마침내 그녀는 쉰이 훌쩍 넘은 나이에 4년제 간호대학 학생이 되었다. 학년이 바뀔 때마다 그녀는 기쁜 소식을 전해왔다. "선생님 덕분에 2학년을 무사히 마쳤습니다. 마음이 참 풍요로운 한 해였어요. 이제 3학년 실습을 앞두고 나이 앞에 살짝 두려움도 생기지만, 어떤 결과가 기다릴지 알기에 기꺼이 덤벼볼 만합니다. 선생님은 제게 잊히지 않는 고마운 분입니다."

그녀의 편지를 읽을 때면 나 역시 그녀와 함께 캠퍼스를 걷는 기분이었다. 쉰이 넘은 나이, 암 수술 후유증으로 체력은 바닥이었지만 그녀는 결코 포기하지 않았다. 그리고 마침내, 그녀는 기어이 꿈을 이뤄냈다. 작년, 그녀는 자신이 암을 완치했던 바로 이곳에 간호사 겸 상담실장으로 첫 출근을 했다.

이제 상담실에서 그녀는 절망에 빠진 환자들에게 자신의 위암 투병 경험을 나직이 들려준다. "저도 위암 수술을 세 번이나 했어요. 저를 보세요. 저도 이렇게 살아서 당신 곁에 있잖아요."

그 한마디는 백 마디의 정교한 의학적 조언보다 환자들의 가슴에 깊고 날카롭게 박혔다. 과거 학습지 회사에서 쌓은 상담력도, 보험회사에서 익힌 지식도, 사실은 지금 이 자리에서 환자들의 절박함을 어루만지기 위해 예비된 삶의 과정이었음을 그녀는 고백한다. 그녀에게 암은 단순한 재앙이 아니었다. 타인의 고통을 내 몸의 기억으로 온전히 공감할 수 있게 해준, 가장 아프고도 찬란한 '스펙'이었다.

병원 첫 출근 날, 나는 약속했던 졸업 선물을 건넸다. "그동안 정말 고생 많으셨어요. 대단하십니다! 졸업 선물로 제가 꼭 한번 안아 드릴게요." 그녀는 눈물을 글썽이며 고맙다고 속삭였다. 그녀가 가진 화려한 이력들보다 빛나는 것은 바로 그녀의 고백이었다. "나의 가장 강력한 스펙은 '암 환자'입니다."

나는 그녀가 준 손수건을 4년이 지난 지금에야 비로소 꺼내 쓰고 있다. 암 환자들의 눈물을 닦아주는 따뜻한 손수건이 되어 눈부시게 활동

할 그녀를 축복하며 말이다.

어느 날, 또 다른 누군가가 내게 간호사가 되고 싶다고 물어온다. 나는 주저 없이 대답한다. "세 번이나 수술한 위암 환자도 해냈습니다. 당신도 충분히 해낼 수 있어요!"

그리고 그 말을 들은 날, 50대 후반의 또 다른 간호대학생이 조용히 태어났다. 와우! 삶은 그렇게 또 다른 기적을 잉태하고 있었다.

9

오늘 하루는 우리에게 영화 같은 날이었어요

"저는 기타 치며 부르는 김광석의 노래를 제일 좋아해요."

부드러운 성품에 훤칠한 키를 가진 그는 40대 후반의 성실한 가장이었다. 평소 운동으로 자기 관리를 철저히 해왔고, 직장에서는 자신을 돌보는 일보다 업무를 우선시할 만큼 책임감이 강했다. 꼼꼼하고 온화한 그와 일하는 것을 주변 사람들은 참 좋아했다.

그런 그에게 몇 달 전부터 가끔 복통이 찾아왔다. 워낙 잘 참는 성격이라 그날도 그저 평소처럼 견디며 묵묵히 자리를 지켰다. 하지만 갑작스럽게 쓰러져 마주한 진단 결과는 가혹했다. "췌장암 말기입니다. 길어야 두세 달 남았습니다." 의사의 담담한 선고에 부부의 시간은 그대로 멈춰버렸다.

아직 학생인 두 아이를 친정 부모님께 맡기고, 부부는 치료를 위해 서울로 올라왔다. 지독한 항암치료와 생전 처음 겪는 부작용들이 그의 몸을 사정없이 흔들었다. 웬만하면 짜증을 낼 법도 한 상황이었지만, 그는 아내에게 늘 다정했다. "남편은 결혼 생활 내내 화 한 번 낸 적이 없어요. 원래 참 착한 사람이에요." 아내의 칭찬에 그는 그저 엷은 미소로 화답할 뿐이었다.

췌장암 환자에게 가장 고통스러운 고문은 식사를 할 수 없다는 사실이다. 어느 날, 잘 숙성된 유기농 토마토에 양파를 넣고 푹 끓여 올리브 오일을 살짝 곁들인 수프를 정성껏 준비해 드렸다. "어머, 선생님! 이거 남편이 제일 좋아하는 음식이에요. 정말 감사합니다." 환해지는 병실 분위기에 나 역시 마음이 놓였다.

항암치료와 탈수 증상으로 혈관이 잘 잡히지 않던 그와 아내는 내가 출근하는 날을 늘 손꼽아 기다렸다. 하루하루를 애타는 심정으로 보내는 부부를 보며, 나는 어느 날 조심스레 함께 기도해 드려도 될지 물었다. 근육이 다 빠져 침대에 누워있는 그와 아내의 손을 맞잡고 간절히 기도를 올렸다.

기도가 끝나자 아내가 펑펑 울기 시작했다. 평범한 일상을 살 때는 그 저 보통의 삶인 줄만 알았는데, 그 모든 순간이 기적이었다는 사실을 잊고 살았노라고 그녀는 고백했다. "선생님, 우리 이렇게 손잡고 기도해본 건 처음이에요. 기도의 단어 하나하나가 가슴에 깊이 와닿아요." 붉어진 눈으로 아내를 바라보던 남편과 아내는 그날 이후 매일 기도 시간을 기다렸다. 요동치던 마음이 평온해지는 신기한 경험이었다.

어느새 병실 벽에는 생전 처음 들어본 성경 말씀들이 붙기 시작했다. "치료의 광선이 비취어 외양간에서 나온 송아지처럼 뛰게 하리라"는 구절이 가장 힘이 된다며 아이처럼 순수하게 웃는 그들의 모습에 나는 도리어 깊은 감명을 받았다. 부부는 그동안 바빠서 미뤄두었던 '드림 리스트'를 포스트잇에 적어 벽에 붙였다. '아내와 카페 가서 차 마시기', '아이들과 농구하기', '결혼 20주년 스위스 여행 가기'…. 먹지도, 제대로 일어나지도 못하는 상황이었지만 나는 그들에게 먼 미래가 아닌 '오늘의 추억'을 선물하고 싶었다.

계속되는 항암치료의 후유증으로 설사가 반복되었고 항문은 다 헐어 앉아 있는 것조차 고역이었다. 암은 건장했던 그의 몸을 속절없이 무너뜨렸고, 통증 앞에 그는 점점 지쳐갔다. 마침내 모든 것을 놓아버리고 싶을 만큼 깊은 절망의 늪에 빠진 어느 날, 그가 힘겹게 한마디를 내뱉었다.

"선생님, 이제는 정말 다 포기하고 싶어요…."

차가운 침묵이 병실을 덮었다.

나는 그를 위해 특별한 이벤트를 준비했다. 몸 안에 '여섯 개의 폭탄'을 안고서도 기타를 치며 기적을 노래하는 기타리스트와 함께 그의 병실을 찾았다.

"검은 밤의 가운데 서 있어, 한 치 앞도 보이질 않아… 일어나 일어나 다시 한번 해보는 거야. 일어나 일어나 봄의 새싹들처럼….

맑은 기타 선율에 실린 김광석의 노래가 병실 가득 울려 퍼졌다. 가사 한 마디 한 마디가 마치 그의 상황을 그대로 옮겨 놓은 듯했다. 자신과 같은 처지에서 기적을 노래하는 연주자의 모습에 그는 폭포수 같은 눈물을 쏟아냈다. 그것은 포기가 아니라, 억눌려 있던 생生에 대한 간절한 갈망의 눈물이었다.

"선생님, 너무 고통스러워 다 놓고 싶었는데… 저도 다시 한번 해볼게요. 한 번만 더 힘을 내보겠습니다."

아내는 남편의 그 한마디에 참았던 숨을 몰아쉬듯 울음을 터뜨렸다. 병세가 나아지는 것보다 '뭐라도 해보겠다'는 남편의 의지 한 자락이 아내에게는 무엇보다 간절한 구원이었기 때문이다.

그날 이후, 투병은 여전히 고통스럽고 매 순간이 고비다. 하지만 그는 다시 살아가야 할 이유를 붙잡았다. 워커를 잡고 조금씩 걷기 시작했고, 입맛은 없지만 몸에 좋다는 음식을 한 입이라도 더 먹으려 애썼다. 비밀로 했던 자신의 상태를 아이들에게도 솔직하게 털어놓았다. 걱정과는 달리 아이들은 든든한 버팀목이 되어주었고, 온 가족은 그의 회복을 위해 하나로 뭉쳤다. 아내는 가끔 내 옆구리를 살짝 찌르며 행복하게 속삭인다. "선생님, 남편 눈빛이 달라졌어요."

그는 의사가 예고했던 시한을 이미 수개월이나 훌쩍 넘겨 살아내고 있다. 이 영화 같은 하루의 결말이 어디에 닿을지 아무도 모르지만, 그의 다짐은 매일 눈부시게 빛난다. 비록 병이 깨끗이 낫는 완치의 기적이 아닐지라도, 죽음 앞에 무릎 꿇지 않고 다시 삶을 향해 고개를 든 그 마음이 내게는 세상 그 무엇보다 큰 기적이다.

부부는 오늘도 떨리는 목소리로 말한다. "선생님, 그날 하루는 우리에게 정말 영화 같은 날이었어요." 나 역시 고개를 끄덕이며 대답한다. "네, 제게도 정말 잊지 못할 영화였습니다."

10

무채색 절망 위에 칠해진 무지갯빛 위로

"그때, 나도 암에 걸릴 수 있다는 사실에 정말 눈앞이 캄캄했죠."
병원 홍보 영상 속 그녀는 전직 교사다운 차분한 음성으로 자신의 투병 경험담을 들려주고 있었다. 그녀는 병원에서 운영하는 여러 치료 프로그램에 누구보다 열정적으로 참여하는 환우였다. 처음 유방암 진단을 받았을 때, 그녀의 눈앞은 먹구름이 낀 듯 막막하기만 했다.

그녀는 평생 학생들에게 미술 이론과 실기를 가르쳐온 미술 선생님이었다. 그 감각을 증명하듯 그녀가 매일 신는 신발이나 몸에 걸친 옷가지에는 예사롭지 않은 멋이 깃들어 있었다. 정년을 얼마 남겨두지 않은 시점, 남은 삶에 대한 화려한 계획들로 가득했던 그녀에게 갑작스레 찾아온 암은 삶의 궤도를 완전히 뒤바꿔 놓았다. 미래는 결코 계획대로 흘러가지 않는다는 사실을 그녀는 뼈아프게 깨달았다.

지인의 소개로 찾아온 이 요양병원에서 그녀는 신앙을 붙잡았다. 그리고 그 믿음은 복잡했던 그녀의 삶을 놀라울 만큼 단순하고 명료하게 만들었다. 그녀는 손꼽아 기다리던 정년퇴직을 미련 없이 명예퇴직으로 전환했다. 평생 사랑했던 미술 선생님으로서의 자리를 아름답게 갈무리한 뒤, 그녀가 다시 달려온 곳은 투병 생활 내내 자신을 행복하게 해주었던 바로 이곳이었다.

어느덧 암 진단을 받은 지 5년이 흘렀다. 산정특례 등록도 해제되었고, 의학적으로도 완전한 완치 판정을 받았다. 하지만 그녀는 이곳을 떠나는 대신, 자신이 누린 회복의 기쁨을 다른 이들과 나누기로 결심했다. 각자의 암세포와 처절한 전쟁을 치르고 있는 환자들의 시선을, 고통이 아닌 다른 아름다운 곳으로 돌려주고 싶었기 때문이다.

그녀의 헌신 덕분에 환자들은 매주 한 번씩 색연필을 들고 꽃과 나무, 자연을 세밀하게 관찰해 그려내는 '보태니컬 아트Botanical Art'의 세계로 빠져든다. 처음에는 다들 주저했다. 자신의 마음이 너무 어둡고 칙칙해서, 새하얀 스케치북 위에 더는 아무것도 그려 넣을 수 없을 것 같다며 고개를 저었다. 하지만 그녀의 다정한 지도를 따라 색연필을 쥐고 새와 나무를 곱게 색칠하다 보면, 어느덧 환자들의 삶도 빨주노초파남보 무지갯빛으로 서서히 물들어갔다.

현실은 마음대로 되지 않아도, 새하얀 도화지 안에서만큼은 자신이 원하는 색깔을 마음껏 칠할 수 있었다. 수업을 마치고 병실로 돌아가는 환자들의 얼굴에는 도화지에 그려 넣은 꽃처럼 활짝 웃음꽃이 피어났다. 특히 1년 동안 환자들이 정성껏 그려낸 작품들이 강당 앞에 전시되는 날이면, 병원 전체에는 말로 다 할 수 없는 벅찬 감동이 흐른다. 고통의 터널을 지나온 사람만이 건넬 수 있는 가장 깊은 위로가 도화지 위에서 향기롭게 피어나는 것이다.

그녀는 그림을 그리는 환자들의 얼굴에 번지는 행복감을 보며 비로소 자신의 보람을 찾는다. 그 어두운 터널을 직접 통과해 본 그녀만이 줄 수 있는 진실한 위로인 셈이다. 그래서 그녀가 건네는 색연필은 단순한 미술 도구가 아니라, 말로 다 전하지 못한 따뜻한 격려가 된다.

그녀에게 그림을 배우다 보면 새삼 귀한 진리를 깨닫게 된다. 이 천지만물의 고운 색감들이 사실은 우리가 삶을 지루해하지 않도록, 우리의 행복을 위해 누군가가 정성껏 물들여 놓은 선물이라는 것을 말이다. 환자들을 위해 다시 색연필을 손에 쥔 그녀는, 이제 은퇴 없는 영원한 미술 선생님이 되어 제2의 인생을 화사한 수채화처럼 그려가고 있다.

11

언어를 초월한 기적의 노래

"My God loves me and all the wonder I see. The rainbow shines through my window, my God loves me(하나님은 나를 사랑해요. 내가 보는 모든 놀라운 것 속에, 창문을 통해 비친 무지개처럼 하나님은 나를 사랑해요)."

암세포가 척추뼈까지 전이된 조엘은 침대에 꼼짝없이 누워 지내야 하는 환자였다. 대소변조차 침상에서 해결해야 했고, 아내의 도움 없이는 단 한 순간도 일상을 지탱할 수 없었다. 나는 그날, 무거운 정적이 흐르는 그의 병실에서 이 짧은 영어 노래를 불러주었다. 가사도 완벽하지 않았고 박자도 조금씩 흔들렸다. 악보가 없어 기타연주마저 서툴렀지만, 노래가 채 끝나기도 전에 조엘의 깊게 팬 눈가에서 뜨거운 눈물이 소리 없이 흘러내렸다.

그는 아주 오래전 선교사로 한국 땅을 밟았다. 젊은 시절부터 얼굴에 깊은 주름이 새겨진 지금까지, 인생의 대부분을 한국을 위해 봉사하며 살아온 분이었다. 한국이 너무 좋아 한국인 아내를 맞이했고, 슬하에 든든한 두 아들까지 둔 진정한 우리의 이웃이었다.

나 역시 간호사로서 척박한 곳에서 봉사하고 싶었던 시절이 있었다. 의료 혜택이 거의 없는 필리핀과 네팔에서 아픈 이들을 돌보던 시간들. 네팔에서는 홀로 험한 산을 넘어 학교와 집을 방문하며 환자들을 간호했고, 필리핀에서는 불이 난 대나무 집으로 달려가다 발바닥에 커다란 대못이 박혀 파상풍으로 죽을 고비를 넘기기도 했다.

다리가 퉁퉁 부어오르고 고열과 통증에 시달리며 한 달을 누워 지내야 했던 그때, 나는 타지에서 기어 다니며 볼일을 봐야 하는 처량한 신세였다. 도움을 주러 간 선교사가 오히려 마을 사람들의 도움을 받고 있었던 것이다. '나에게 왜 이런 일이 생겼을까?' 낯선 땅에 홀로 남겨진 두려움에 벽만 보고 울며 매일 원망을 쏟아냈었다. 그때 파상풍의 공포 속에서 방바닥에 누워 불렀던 노래가 바로 〈My God loves me〉였다. 하나님이 나를 사랑하신다는 그 짧은 구절이 외로움과 공포를 버티게 해준 유일한 생명줄이었다.

암으로 누워 있는 조엘을 바라보며 나는 그때의 내 모습을 보았다. 나는 그를 위해 서툰 영어로 기도를 시작했다. 투박한 발음이었지만 진심이 흐르는 병실의 공기는 조금씩 따스하고 밝게 변해갔다. 나는 그가 하는 말을 하나라도 놓치지 않으려 주의 깊게 들으며, 그가 겪는 통증과 막막함을 해결하려 애썼다.

조엘이 간절히 원한 것은 통증의 해소, 그리고 고향의 병원처럼 목사님이 오셔서 함께 예배드리고 기도하는 일이었다. 그의 목소리에는 원망 대신 '의탁'이 있었다. 예전의 나처럼 따지는 대신, 그는 자신의 생명을 창조주께 온전히 맡기고 있었다. 나는 그를 위해 영어 기도문을 연습해 들려주기도 했지만, 정작 그의 마음을 움직인 것은 매끄러운 문장이 아니라 서툴게 더듬거리며 뱉어낸 진심 어린 간구였다.

"My God loves me⋯."

이 노래를 함께 부르고 난 뒤, 조엘의 얼굴에는 말할 수 없는 평안이 깃들었다. 그는 항암치료 중 찾아온 여러 번의 고비를 꿋꿋이 넘겼다. 억지로라도 음식을 넘기며 기운을 냈고, 누워만 있던 환자가 기적처럼 휠체어에 앉아 복도를 산책하기 시작했다. 그리고 마침내 워커를 잡고 스스로 걷는 연습을 시작했다. 나는 그의 쇠약한 육신 안에서 생생하게 살아 숨 쉬는 생명력을 느꼈다.

어느 날, 군 복무 중인 둘째 아들이 휴가를 받아 병실을 찾았다. 내 아들 역시 군인이었기에 그 모습이 더욱 애틋하고 반가웠다. 나는 그 가족에게 특별한 추억을 선물하고 싶어 다시 기타를 가져왔다. 든든한 아들과 함께 조엘을 바라보며 다시 노래를 불렀다.

"My God loves me and all the wonder I see. The rainbow shines through my window, my God loves me."

그리고 이어지는 찬양, "매일 매 순간을 살아갈 때 시련 속에 힘이 있다네… 끝날까지 함께 하실 것을 주님 친히 약속하셨네."

한 번도 맞춰본 적 없는 아들과 나의 목소리는 신기하게도 한마음으로 어우러졌다. 간병에 지쳐 있던 아내는 처음으로 환히 웃으며 이 영화 같은 장면을 핸드폰에 담았다. 하나님이 주신 특별한 선물인 아들과 그 아들의 어깨너머로 흐르는 하나님의 위로가 조엘의 눈에 가득 담겼다. 노래가 끝나자 조엘은 떨리는 입술로 "Thank you, 감사합니다"라고 말하며 기쁨의 박수를 보냈다.

그의 눈빛은 신뢰와 사랑으로 단단해져 있었다. 암이 그의 육신을 침대에 꽁꽁 묶어 놓았을지라도, 그의 영혼만큼은 저 높은 하늘로 자유롭게 날아오르는 듯했다.

My God loves us(하나님은 우리를 사랑하십니다).

그날, 내 눈에도 뜨거운 눈물이 고여 병실 안의 모든 풍경이 온통 눈부신 무지갯빛으로 보였다.

12

벚꽃 길 위에서 들려준, 어느 시한부 친구의 유산

"콜록, 콜록! 켁켁, 으… 윽!" 병실 전체가 떠나갈 듯한 기침 소리와 가래 끓는 소리가 진동했다. 같은 방 환자들은 도저히 잠을 이룰 수 없을 정도였다. 오죽하면 1인실에 입원해 있던 한 환자가 그녀의 안타까운 사정을 듣고는, 조금이라도 편히 쉴 수 있도록 자신의 방을 기꺼이 내어 주며 배려해 줄 정도였다.

　그녀는 폐암 말기였다. 기침과 가래를 동반한 가슴 통증은 형언할 수 없을 만큼 가혹했다. 6개월 시한부 판정을 받은 그녀는 마지막 희망으로 맑은 공기를 찾아 이곳에 입원했지만, 이미 제 기능을 상실한 폐는 숨을 쉬는 당연한 일조차 벅찬 과제로 만들었다. 산소포화도는 늘 위태롭게 떨어져 있었다. 아프기 전, 그녀는 민간요법에 해박해 고통받는 이들을 돕고 회복시킨 경험이 많았지만, 정작 자신이 '지옥 같은 통증' 속에 던져지고 나니 그동안 머리로만 환자들을 이해했던 것이 미안하다며 자책하곤 했다.

어느 날, 그녀는 결단을 내려야 했다. 날마다 깊어지는 기침 소리를 뒤로하고 병원을 떠나 어디론가 가겠다는 것이었다. 나는 그녀를 깊이 알지는 못했지만, 뼈를 깎는 듯한 기침과 통증의 정도를 보며 이것이 마지막 인사가 될지도 모른다는 직감에 목이 메었다.

그렇게 몇 번의 계절이 바뀌었다. 공교롭게도 그녀와 이름이 똑같은 환자가 새로 입원했다. 나는 입원 등록을 받으며 속으로 생각했다. '이름이 똑같네⋯ 예전의 그분은 마지막 정리를 잘하고 떠나셨을까?' 그런데 고개를 든 순간, 나는 내 눈을 의심하며 그 자리에 얼어붙고 말았다.

"안녕하셨어요?"

그녀였다. 그녀가 내 눈앞에서 살아 있는 미소를 지으며 인사를 건네고 있었다. 같은 폐암 진단명이었지만, 그 지독했던 기침과 가래는 온데간데없었다. 얼굴에는 눈부신 생기가 넘쳤다. 예전 퇴원 길에 '이별'을 예감했던 나의 섣부른 짐작이 무안해질 정도였다.

어느 날, 외출이 필요한 그녀를 차로 태워다 드리는 길에 그녀가 가슴 속 깊이 묻어둔 이야기를 풀어놓았다. "선생님, 사실 나는 그 친구 대신 살고 있어요. 그 친구가 없었다면 난 이미 이 세상 사람이 아니었을 거예요."

잠시 말을 잇지 못하던 그녀가 사연을 들려주었다. 시한부 판정 소식을 들은 한 친구가 자신이 있는 곳으로 꼭 오라고 간절히 애원했단다. 그녀는 암으로 덮인 몸을 이끌고, 더 늦기 전에 친구의 마지막 소원이라도 들어주자는 심정으로 이곳을 퇴원했다. 당시 그녀는 몸을 관통해 터져 나오는 울부짖음 같은 기침 때문에 모두가 외면하던 상태였다. 그런데 오직 그 친구만은 유일하게 그녀를 향해 두 팔을 벌려주었다.

더 놀라운 사실은 그녀를 불렀던 그 친구 역시 시한부 암 환자였다는 것이다. 친구는 자신의 얼마 남지 않은 생명력을 쪼개어 그녀의 통증을 덜어주기 위해 온 정성을 쏟았다. 두 사람은 자연 속에서 암 환자로서 깊은 우정을 나누고, 말씀을 읽으며 선물 같은 시간을 보냈다. 친구의 지독한 사랑 덕분에 그녀의 기침은 거짓말처럼 줄어들었고 통증도 잦아들었다.

하지만 그 친구는 그녀에게 깊은 사랑과 추억만을 남긴 채, 그녀보다 먼저 세상을 떠나 잠들고 말았다. "내가 먼저 갈 줄 알았는데, 그 친구가 먼저 떠났어요. 다시 사람에게 정을 주는 게 무서워요. 빈자리가 너무 커서… 그 친구 대신 내가 사는 것 같아 미안하기도 하고…." 그녀는 목이 메어 끝내 말을 잇지 못했다. 병실에서 함께 투병하던 전우 같은 친구를 하루아침에 잃는 상실감과 불안은 겪어보지 않은 사람은 도저히 알 수 없는 영역이다.

나는 말없이 운전대를 잡고 그녀의 울음을 묵묵히 지켰다. 잠시 후 그녀가 벚꽃이 흩날리는 창밖을 보며 말을 이었다. "그 친구가 살아 있다면 이 꽃비 내리는 봄날을 같이 걷고 싶어요. 남은 시간은 그 친구에게 받은 사랑을 다른 이들에게 나눠주며 살고 싶습니다." 그녀는 눈물을 닦고 벚꽃처럼 환히 웃었다. 그녀의 미소 위로 떠난 친구의 얼굴이 겹쳐 보이는 듯했다.

그날 이후 그녀는 병동의 '왕언니'가 되었다. 나이 많은 그녀가 방황하는 젊은 암 환자의 다정한 말동무가 되어주고, 추위를 타는 이에게 따뜻한 찜질을 해주는 모습, 산과 들에서 캐온 약초로 맛난 비빔밥을 나누는 그 사랑의 조각들 속에는 친구에게 다 전하지 못한 진심이 담겨 있었다.

"호흡할 수 있을 때 노래하고, 감사하고, 기쁨을 나누고 싶어요." 그녀의 옆에만 가면 마음속 불만과 불평이 눈 녹듯 사라진다. 이별이 두려워 사람과 정들기 무섭다던 그녀는 어느새 모두에게 햇살 같은 존재가 되어있었다. 숨이 넘어갈 듯한 고통을 겪어본 그녀는 이제 수많은 환우가 기댈 수 있는 넉넉한 언덕으로 살아간다. 그녀를 볼 때마다 나는 나의 숨소리를 다시 살피게 된다.

‘나는 누구의 숨을 이어받아 오늘을 살고 있는가?’

‘나는 오늘, 누구의 삶을 대신해서 이 길을 걷고 있는가?’

벚꽃 날리는 길 위에서, 그녀의 깊은 숨소리가 나에게 묵직한 질문을
던지고 있었다.

4장

노을빛처럼 스며든 사랑

— 1

마지막 춤은 당신과 함께

"와우 간호사님! 나 죽기 전에 선생님한테 꼭 춤을 가르쳐주고 싶어요. 자, 따라 해 보세요. 원스텝, 투스텝!"

진통제 주사를 놓은 뒤 병실을 나서려던 내 손을 그녀가 꼭 붙잡으며 말했다. 그녀는 병원 행사 때마다 늘 맨 앞줄에 서서 라인댄스를 이끌던 주인공이었다. 행사 사회를 맡았던 나는 그녀가 음악에 몸을 온전히 맡긴 채 얼마나 신나게 춤을 추는지 지켜보아 왔다. 화려한 무대의상과 세

련된 헤어 스타일, 그리고 청중을 압도하는 카리스마까지. 나는 그녀가 그저 가벼운 요양차 입원한, 거의 다 나은 환자인 줄로만 알았다.

하지만 그녀가 내 담당 환자가 되었을 때, 나는 소스라치게 놀라고 말았다. 유방암 말기였던 그녀의 암세포는 이미 가슴 밖으로 보란 듯이 튀어나와 있었다. 드레싱을 시작하면 꽤 많은 시간이 소요되었고, 한쪽을 지혈하면 다른 쪽에서 출혈이 이어지는 위태로운 상태였다. 무대 위에서 빛나던 그 풍성한 머리카락은 가발이었고, 실제 그녀의 머리는 항암 치료로 인해 이미 한 올도 남아 있지 않았다.

무대를 누비던 그녀의 생명이 서서히 저물어가고 있었다. "선생님, 내가 춤을 언제부터 시작했는지 말해줄까요?" 그녀가 나직이 말을 이었다. 결혼 생활의 고단함을 견디지 못해 집을 뛰쳐나왔던 시절, 먹고살 길이 막막했던 그녀를 구원한 것은 어릴 적 소질이 있던 '춤'이었다. 그녀는 필사적으로 댄스 자격증을 취득했고, 춤은 그녀를 먹여 살리는 생계이자 유일한 숨구멍이 되어주었다.

암 환자가 된 후에도 그녀는 병상에만 누워 무료하게 시간을 보내는 환우들이 안타까워 댄스반을 만들었다. 처음엔 한두 명에게 전수하기 시작했는데, 웃을 일 없던 환자들이 나비처럼 훨훨 날아다니며 즐거워하는 모습에 큰 보람을 느꼈다고 했다. "음악에 맞춰 춤을 추다 보면 내가 아픈 사람이라는 걸 까맣게 잊어요. 그게 정말 고마워요." 그 기쁨 덕분인지 그녀 자신의 통증도 잠시나마 잊히는 듯했다.

그러나 이제 그녀는 더 이상 운동장으로 나갈 수 없게 되었다. 몸 전체로 퍼진 암세포와 지독한 통증이 그녀를 침대에 꽁꽁 묶어버린 것이다. 멀리서 음악 소리가 들려오면, 그녀는 병실 창가에서 멍하니 운동장을 바라보곤 했다.

하지만 그녀는 포기하지 않았다. 대신 병실을 자신만의 마지막 무대로 삼았다. 내가 병실을 찾을 때마다 그녀는 다시 춤 선생님이 되었다. 그녀의 노트북에는 춤 관련 노래 파일이 가득했다. "와우 선생님, 춤 가르쳐줄게요. 자, 따라 해보세요. 원스텝, 투스텝! 인생은 지금부터~" 그녀는 통증 때문에 몸을 제대로 가누지도 못하면서도, 음악에 맞춰 발끝을 미세하게 떨며 환히 웃었다. 나는 환자가 넘어질까 봐 그 마른 손을 꼭 잡고 병실 한가운데서 함께 스텝을 밟았다.

그 짧은 시간 동안 병실은 고통의 수용소가 아닌 생동하는 '삶'의 공간이 되었다. 모르핀은 통증을 멈추게 했지만, 춤은 그녀의 '삶'을 멈추지 못하게 막아주고 있었다. 그녀는 몸치인 내가 스텝을 엉망으로 꼬아도 끝까지 격려를 잊지 않았다. "잘하네요. 내일은 오늘보다 더 잘할 수 있겠어요."

내가 진통제를 놓으러 갈 때마다 그녀는 웃으며 말했다. "와우 선생님, 바쁜데 미안해요. 그래도 다음 스텝은 꼭 가르쳐주고 싶어서요. 사실 내겐 진통제보다 춤이 진짜 약이에요." 그녀는 마지막 순간까지 댄스 선생님으로서의 소명을 다했다. 내 춤 실력이 조금씩 늘어갈수록, 역설적이게도 그녀와의 이별은 점점 더 가까워지고 있었다.

그녀는 마지막 순간까지 미소를 잃지 않았다. "와우 선생님, 마지막 춤을 당신과 함께 출 수 있어서 행복했어요."

"저도요. 당신은 제 인생 최고의 댄스 강사였습니다."

우리는 서로의 손을 온 힘을 다해 꼬옥 맞잡았다.

나는 요즘도 가끔 주저앉아 울고 싶을 때면, 산과 들에 서서 마음속의 그녀와 춤을 춘다. 울적해 있는 병실 환자들 앞에서 그녀에게 배운 대로 "원스텝, 투스텝! 인생은 지금부터!"라며 엉성한 스텝을 밟으면, 환자들은 깔깔대며 넘어간다.

그녀는 떠났지만, 그녀가 남긴 춤은 내 안에서 영원히 계속되고 있다.

잿더미 위의 소화전

'딩동, 딩동!' 새벽의 정적을 깨뜨리는 불길한 초인종 소리였다. 아침 근무를 위해 쪽잠을 청하던 나는 불길한 예감에 문을 열었다. 들이닥친 이웃들이 다급하게 외쳤다. "이 집 불난 데 없어요? 어서 살펴봐요!"

"우리 집은 별일 없는데요?" 무심코 대답하며 작은 베란다 문을 열었을 때, 내 눈앞엔 이미 시커먼 연기가 폭풍처럼 치솟고 있었다. 가슴이 덜컹 내려앉았다. 병원에서 화재 대응 모의훈련을 수없이 해왔지만, 막상 내 집이 불길에 휩싸이니 머릿속이 하얘졌다.

내가 살던 곳은 병원에서 제공한 오래된 목조 관사였다. 보일러실에서 시작된 불길은 용의 붉은 혀처럼 바람을 타고 빠르게 번져 나갔다. 평소 구석의 짐처럼 느껴지던 소화전을 필사적으로 움켜쥐었다. 화마가 순식간에 작은 방을 삼켰다. 둘째 아들의 소중한 물건이라도 건져보려 현관을 연 순간, '윽' 하고 숨이 멎었다. 집안은 이미 검은 연기로 가득 차 앞이 보이지 않았다. 단 한 번의 호흡에 폐가 꽉 막히는 기분, 질식의 공포를 생애 처음으로 마주했다. 건조한 겨울 초입의 강한 바람을 타고 집은 속절없이 타들어 갔다.

119를 부르는 사이, 몇몇 이웃이 자신의 몸을 돌보지 않고 뛰어들었다. 매캐한 분진을 마시고 몸에 상처가 나는 줄도 모른 채 그들은 불길과 싸웠다. 소방대원이 도착해 마지막 불씨가 꺼졌을 때, 다행히 불은 우리 집만 태우고 멈췄다.

적금을 깨서 펜션처럼 예쁘게 리모델링했던 우리만의 보금자리였다. "남의 집에 왜 돈을 쓰느냐"는 수군거림에도 아이들과 행복하고 싶어 온 정성을 쏟았던 집이 하루아침에 잿더미가 되었다. 물바다가 된 거실에 털썩 주저앉아 나는 말을 잃었다. 지워도 지워지지 않는 독한 그을음이 새로 샀던 물건들 위에 까맣게 내려앉아 있었다. 전문가는 이 물건들을 더 이상 쓸 수 없으니 모두 버려야 한다고 진단했다.

내 분신처럼 아꼈던 집이 한 줌의 재로 변해버린 현실 앞에서, 나는 물바다가 된 방안을 헤매며 타버린 물건들을 주섬주섬 주웠다. 특히 둘째 아들의 방은 애착 어린 물건 하나 남기지 않고 모두 타버려 가슴이 미어졌다. 새벽, 얼굴과 손에 밴 역한 탄내와 지워지지 않는 그을음을 안고 병동으로 출근했다. 샤워를 몇 번이나 했지만, 살갗을 뚫고 들어온 화재의 냄새는 좀처럼 가시지 않았다.

손도 마음도 덜덜 떨렸지만, 환자들에게 주사를 놓기 위해 병실 문을 열었을 때, 한 여인이 힘겹게 웃으며 나를 반겨주었다. 그녀는 내가 무릎 수술을 받고 누워있을 때 "먹어야 산다"며 반찬을 챙겨주던, 엄마의 손맛을 지닌 따뜻한 분이었다. 난소암으로 오랜 사투를 벌이던 그녀는 늘 암보다 항암치료 후의 통증이 더 무섭다고 호소하곤 했다. 사실 더 이상의 치료 방법이 없어 조용히 죽음의 그림자를 기다리는 중이었다.

그날, 그녀는 눈도 겨우 뜬 채 내게 나직이 말했다.

"선생님, 나 오늘 이런 마음이 들었어요. 수많은 사람 중에 내가 암에 걸려서 다행이에요. 수많은 병 중에 암이라서 다행이고, 갑자기 사고를 당하지 않아서 다행이에요. 암 중에서도 난소암이라 다행이고, 좋은 시절에 태어나 치료받을 수 있어서, 이 대한민국에 태어나서 다행이에요. 이곳을 알게 되고 선생님과 훌륭한 의료진을 만난 것도 다행이고요. 무엇보다 내 곁에 딸이 있어서… 참 다행입니다."

그녀가 엷게 미소 지었다.

그 아침, 불탄 집의 불길은 잡혔지만 내 마음은 여전히 시커먼 연기를 내뿜으며 타오르고 있었다. 그때 그녀가 던진 "다행입니다"라는 말은 내 영혼의 화재를 진압하는 세상에서 가장 강력한 소화전이 되었다.

'그래, 내 집만 불타서 다행이다. 다른 집으로 번지지 않아서 다행이다. 이만하길 정말 다행이다. 목숨 걸고 도와준 이웃이 있어 다행이고, 아이들이 없는 날 불이 나서 다행이다. 내 몸이 크게 다치지 않아서, 그리고 이렇게 출근해 환자를 만날 수 있어서 정말 다행이다.'

그 화재 이후 우리는 안전에 대해 더 예민해졌고 모든 관사에 새로운 안전장치가 설치되었다. 하지만 내 마음에는 그녀가 남긴 생의 고백이 영원히 마르지 않는 소화전으로 자리 잡았다. 만약 그날 내가 잿더미 속에 주저앉아만 있었다면, 죽음의 문턱에서 길어 올린 그녀의 이 귀한 명언을 듣지 못했을 것이다.

어쩌면 그녀가 그 극심한 고통 속에서도 끝까지 삶의 끈을 놓지 않았던 이유는, 무너져가는 나에게 이 한마디를 건네기 위해서였을지도 모른다.

"다행입니다."

주황 단풍잎이 건넨 인사

"다음 순서는 오늘의 하이라이트입니다. 이 가을을 더 깊게 물들일 피아니스트 ○○○ 님입니다. 뜨거운 박수로 맞아주시면 감사하겠습니다!"
병원을 둘러싼 산과 나무들이 저마다 붉은 단풍으로 옷을 갈아입은 깊은 가을밤이었다. 그날 나는 '문학의 밤' 행사의 사회자로 무대에 서서 다음 순서를 알리고 있었다. 하지만 소개가 끝났음에도 무대 위는 정적만 감돌 뿐, 연주자의 모습이 보이지 않았다.

순간 전날 전해 들었던 안타까운 소식이 뇌리를 스쳤다. "○○ 씨가 며칠째 물 한 모금도 넘기지 못하고 있어요. 정말 위중한 상태네요." 그녀는 2층 병동의 입원 환자였다. '오늘 무대는 무리였을까'라고 생각하던 찰나, 무대 저 뒤편에서 한 송이 주황색 꽃 같은 그녀가 힘겨운 발걸음을 떼며 무대 중앙으로 걸어 나오고 있었다.

"네, 여러분. 우리를 위해 물 한 모금조차 마시기 힘든 상황 속에서도 ○○○ 님이 기어이 자리를 박차고 일어나셨습니다. 뜨거운 감사와 응원의 박수 부탁드립니다!"

객석에 앉아 있던 환우들은 마치 자신이 일어난 것처럼, 그녀의 몸과 마음이 얼마나 무너져 있는지 누구보다 잘 안다는 듯 큰 함성과 박수로 그녀를 맞이했다.

그녀는 20대 후반의 젊은 피아니스트였다. 피아노를 너무도 사랑해 전공했고, 더 넓은 세상을 향한 유학을 꿈꾸던 재원이었다. 그러나 췌장암 말기라는 가혹한 현실이 그녀를 덮쳤다. 극심한 통증으로 수일째 금식과 다름없는 상태였고, 침대에서 몸을 일으키는 것조차 기적에 가까운 일이었다. 하지만 그녀는 이 밤, 환자복 대신 선명한 주황색 드레스를 입고 우리 앞에 나타났다.

당시는 코로나-19로 인해 외부인 출입이 엄격히 통제되던 시기였다. 부모님조차 딸의 곁을 지킬 수 없었기에 우리는 유튜브 실시간 중계를 준비했다. 화면 너머에서 딸의 연주를 지켜보고 계실 부모님을 생각하니 가슴이 저릿했다.

그녀는 병실의 무채색 환자복 대신 이 순간을 위해 가장 선명한 주황색 드레스를 준비했을 것이다. 그 옷을 챙겨 입고 홀로 건반을 누르며 연습했을 그녀를 떠올리자 목이 메어 대본을 읽기가 힘들었다. 창백한 얼굴과 갈라진 입술, 그 위로 대비되는 화려한 드레스는 죽음의 그림자를 거부하고 삶의 마지막 에너지를 모두 쏟아붓겠다는 그녀만의 찬란한 선언 같았다. 그녀는 어두운 무대를 비추는 마지막 붉은 단풍잎이었다.

"연주할 곡은 〈자비로운 주 하나님〉, 그리고 〈아드린느를 위한 발라드〉입니다. 오직 여러분을 위해 준비한 곡입니다."

곡명이 소개되고 그녀의 가녀린 손가락이 건반 위에 얹혔다. 첫 음이 울려 퍼지는 순간, 강당의 공기가 일렁였다. 며칠을 굶어 기운이 하나도 없을 텐데, 선율은 믿기지 않을 만큼 단단하고 아름다웠다. 가장 예쁜 딸이 가장 아픈 순간에, 가장 아름다운 옷을 입고 들려주는 사랑의 고백. 그 순간만큼은 그녀는 환자가 아닌 피아니스트 그 자체였다. 이 선율이 영원하기를 바라는 모두의 염원이 강당을 가득 채웠다.

그녀는 고통을 참아내느라 입술을 굳게 다물면서도 선율만큼은 흔들림 없이 밀어냈다. 주황색 드레스 자락이 피아노 의자 아래로 물결쳤고, 그녀의 몸은 음악에 맞춰 미세하게 춤추고 있었다. 〈자비로운 주 하나님〉은 한 인간이 신에게 드리는 마지막 간구와도 같았다.

이어지는 〈아드린느를 위한 발라드〉. 본래 아버지가 갓 태어난 딸을 축복하며 만든 이 곡을, 췌장암이라는 모진 통증을 견디는 딸이 거꾸로 부모님께 들려주고 있었다. 생명의 시작을 알리던 음악이 이제는 가장 찬란한 마지막 인사처럼 강당을 뜨겁게 적셨다.

연주가 끝났을 때, 청중은 한동안 숨을 멈췄다. 소리 내어 박수를 치는 대신, 모두가 기립박수를 보내는 마음으로 눈으로 박수를 보냈다. 화면을 어루만지고 있을 부모님의 간절한 손길이 느껴져 나는 사회자로서의 평정심을 결국 잃고 말았다. 그녀는 연주를 마치자마자 다시 깊은 탈진에 빠져들었지만, 얼굴에는 비로소 소명을 다한 자의 평온함이 깃들어 있었다.

그녀는 아마 알고 있었을 것이다. 이 연주가 끝나면 다시는 주황색 드레스를 입을 수도, 건반을 누를 수도 없으리라는 것을. 하지만 그녀는 피아니스트로서, 그리고 사랑하는 딸로서 자신이 할 수 있는 가장 고귀한 예의를 마쳤다.

지금도 피아노 선율이 들려오면 나는 그날의 주황색을 떠올린다. 가을이 깊어지고 단풍잎이 진하게 물드는 날이면, 죽어가는 몸으로 살아 있는 음악을 들려주었던 고운 가을 단풍 같던 그녀를 생각한다. 내가 본 모든 연주자 중에 그녀는 단연 최고였다.

그녀가 남긴 마지막 피아노 선율은 오늘도 내게 묻는다. 너는 네 생의 마지막 순간, 어떤 색깔의 옷을 입고 어떤 노래를 남기겠느냐고.

— 4

멈춰보니 비로소 가족이 보였어요

입원 첫날, 환자 면담을 위해 병실을 찾았으나 침대는 비어 있었다. 한참을 기다린 끝에야 눈이 붉게 충혈된 그가 나타났다. "선생님, 제가 태어나서 처음으로 예배실에 다녀왔습니다. 그런데 자꾸 눈물이 나네요." 놀라운 것은 그다음이었다. 단체 예배가 아닌, 개인적인 성경공부를 하고 싶다며 스스로 길을 찾고 있었던 것이다. 입원 당일부터 이토록 간절하게 신앙의 문을 두드리는 환자는 드물었기에, 나는 호기심과 경외심이 섞인 마음으로 그를 바라보았다.

그는 평생 앞만 보고 전력 질주해온 사람이었다. 입사하기 어렵다는 대기업에서 능력을 인정받았고, 자수성가하여 성공의 탄탄대로를 걷던 이였다. 외국 생활이 길어 언어에 능통했고, 자녀들을 국제학교에 보낼 만큼 교육열도 뜨거웠다. 인생이라는 고속도로 위를 쉼 없이 달리던 그를 멈춰 세운 것은 '척수암'이라는 급브레이크였다.

왼쪽 다리는 통증과 무감각으로 기능을 잃어 휠체어 없이는 움직일 수 없었고, 오른쪽 다리마저 언제 멈출지 모르는 위태로운 상황이었다. 스스로 배뇨조차 할 수 없어 카테터에 의존해야 했으며, 유학 중이던 아들은 아버지를 간호하기 위해 학업을 중단하고 귀국했다. 유능했던 젊은 가장에게는 너무도 가혹한 추락이었다. 가족의 도움 없이는 단 한 발자국도 뗄 수 없는 처지가 된 것이다.

"모든 것이 멈춘 뒤에야, 비로소 가족이 보이기 시작했습니다." 그는 깊은숨을 내쉬며 말을 이었다. "바쁘게 살 때는 일 잘하고, 집에 돈만 꼬박꼬박 갖다 주고, 아이들 학비만 대주면 내 역할은 다 한 줄 알았어요. 그래서 애들을 명문 학교에 보내는 데만 집착했죠."

그는 잠시 말을 멈췄다가 젖은 목소리로 고백했다. "그런데 암이 제게는 축복이 되었습니다. 아내와 아이들과 평생 처음으로 진짜 대화를 해봤거든요. 마음이 어떤지 묻고, 진심으로 응원하고, 고맙다고 말하고… 사랑한다는 말조차 제 인생에선 모두 처음이었습니다. 암이 아니었으면 아마 죽을 때까지 못 했을 말들이죠."

가족 단체 대화방에 가득 찬 다정한 메시지들을 보여주며 미소 짓던 그는, 이내 아이처럼 엉엉 울음을 터뜨렸다. 준비한 휴지가 부족할 정도였다. 모든 것이 처음인 그는 예배당에서 찬양을 듣기만 해도 가슴속에서 뭔가가 출렁이며 움직인다고 했다. 늦둥이 막내아들을 창조주께 맡기며 기도하는 그의 모습에 나는 가슴이 뭉클해져 조심스레 물었다. "혹시 괜찮으시다면 제가 잠시 기도해 드려도 될까요?"

기도가 끝난 뒤에도 그는 한참을 펑펑 울었다. 이튿날 가사가 고운 〈널 위해〉라는 찬양을 들려주자, 그는 매일 그 노래를 들으며 눈물을 흘린다고 했다. 무엇이 그토록 눈물겹느냐는 나의 물음에 그는 답했다. "내가 누렸던 모든 것이 당연한 줄 알았는데, 이제 보니 해와 공기, 바람과 나무… 이 모든 것이 나를 위해 예비된 선물이라는 게 느껴집니다. 그게 감사해서 자꾸 눈물이 나요. 비록 침대 위지만 힘을 내어 근력 운동도 시작했습니다. 왼쪽 다리에 조금씩 힘이 들어오는 것 같아요. 살아 숨 쉬는 매 순간이 기적 같습니다."

절망과 분노를 쏟아내도 이상할 것 없는 상황에서, 그는 더 밝은 빛을 발하고 있었다. 투병의 시간을 어떤 태도로 채울지는 오롯이 환자의 몫이지만, 그는 유독 특별했다. 그를 보고 있노라면 간호사인 내가 도리어 더 큰 은혜를 받곤 했다. 휠체어로 이동이 힘든 그를 위해 기타 반 환자들이 휴게실에서 연주회를 열어주었을 때, 그는 고개를 숙여 진심 어린 감사를 전했다. 늘 지시하고 이끄는 자리에만 머물던 그가, 암이라는 고통을 통해 '겸손의 언어'를 배워가고 있었다. 삶의 주인이 자신이라고 믿었던 오만을 내려놓고 어린아이처럼 신앙을 붙잡은 그의 영혼은 중년의 육신보다 훨씬 맑아 보였다.

어느 날은 그의 남매들이 병실을 방문했다. "오빠는 우리 집에서 가장 성공한 사람이었고 가문의 영광이었어. 그런데 이런 힘든 상황인데도 오빠 얼굴이 전보다 훨씬 밝고 행복해 보여." 여동생의 말에 그가 웃으며 답했다. "그래? 암 덕분에 선물을 참 많이 받았어. 멈춰보니 진짜 성공이 무엇인지 이제야 보이더라. 지금 이 순간이 나는 너무 감사하고 행복해."

모두가 그 말을 온전히 이해하지는 못했겠지만, 그 순간만큼은 그가 세상에서 가장 유명한 '행복학 교수'처럼 보였다. 그는 남은 계절을 성공 가도를 달릴 때보다 더 치열하게 사랑과 감사, 미안함의 열매들로 채워 나갔다. 그가 떠난 자리는 컸지만, 가족들과 나눈 깊은 대화와 처음으로 건넨 "고맙다, 사랑한다"는 고백은 영원히 가족들의 마음속 방에 남았다.

얼마 전, 나 역시 무릎 수술을 받고 휠체어에 의지해 지낸 시간이 있었다. 그때 문득 그의 얼굴이 떠올랐다. "멈춰보니 모든 것이 선물이었다"

라던 그 낮은 목소리. 나는 그가 남기고 간 그 문장을 지팡이 삼아, 휠체어 위의 하루를 조용히, 그리고 단단히 버텨낼 수 있었다.

그래, 걸을 수 없는 이 순간조차 내게는 더없이 귀한 선물이다.

호스피스 병동에서 새로 꾸는 꿈

"아직 젊은데 벌써 무릎 수술을 해서 어떡해요? 사람이 잘 먹어야 걷는
법이니까 이것 좀 먹어봐요."

무릎 수술 후 통깁스를 한 채 병실에 누워있던 내게 그녀가 찾아왔다. 내
침대 곁에 앉은 그녀는 가져온 종이 가방을 조심스레 열었다. 그 안에는
김이 모락모락 나는 따뜻한 보리빵과 짭조름한 보리굴비, 싱싱한 생다시
마가 정성스레 담겨 있었다. "선생님이 없으니까 병동이 심심해요. 잘

먹고 얼른 회복해서 돌아와요." 그 다정한 말 한마디에, 다시는 걷지 못할 것 같던 절망감이 씻겨 내려가고 다시 일어설 용기가 샘솟았다.

그녀는 50대 초반, 위암으로 위절제술을 받은 환자였다. 입원 첫날, 내가 그녀의 손을 잡고 함께 기도를 드렸을 때 그녀는 펑펑 울며 무척 당황해했다. "내가 왜 이러지… 왜 자꾸 눈물이 날까요?" 창업지원센터 CEO로서 성공 가도를 달리던 그녀에게 암은 예고 없이 들이닥친 불청객이었다. 전국에서 강의 요청이 쇄도하고, 박사학위 준비로 인생의 황금기를 구가하던 그녀였다. 재테크에도 능해 무엇 하나 부족함 없어 보이던 그녀의 삶은 암이라는 파도 앞에 일순간 멈춰 섰다.

지독한 항암치료는 그녀의 풍성했던 머리카락을 앗아갔다. 화려했던 모습은 빛을 잃었고, 급격히 떨어진 혈액 수치 때문에 치료를 중단해야 하는 날도 잦아졌다. "우리, 다음 항암을 위해서도 함께 기도할까요?" 다시 그녀의 손을 잡았다. 어떤 기도를 올렸는지는 기억나지 않지만, 그녀는 또다시 눈물을 쏟았다. "선생님, 참 이상해요. 선생님과 손을 맞잡기도 전부터 눈물이 고여요."

그날 나는 그녀의 숨겨진 이야기를 들을 수 있었다. 유치원 때부터 고등학생 때까지 교회에서 살다시피 했던 신실한 신앙인이었지만, 성공을 향해 바쁘게 달리느라 오랫동안 신앙을 잊고 살았노라고. 그런데 입원 후 처음으로 손을 잡고 기도하는 순간, 마음속 깊이 묻어두었던 하나님과의 기억이 홍수처럼 터져 나왔다는 것이다. 그 후로 그녀는 기도하는 시간을 기다렸고, 내가 불러주는 노래를 들으며 마음의 평안을 찾았다.

"선생님, 그 아픈 몸으로 어떻게 기타를 놓지 않고 계속 쳐요?"

"아, 환자들이 제 노래를 들으면 소변이 잘 나온대요. 제 기타 소리를 들으면 잠이 잘 온다기에 멈출 수가 없네요."

내가 입원해 있는 동안 그녀는 가장 자주 면회를 온 손님이었다. 그저 도란도란 이야기를 나누고 싶어서, 혹은 자신의 치료 일정을 공유하고 싶어서 내 침대 곁을 지켰다. "선생님, 저는 위암 수술하고 나니 아무것도 못 하겠어요. 이제 꿈이 없어요. 공들여 이뤄놓은 것들을 다 내려놓으려니… 아까워 죽겠어요." 그녀가 일궈온 성취가 얼마나 값진 것인지 알기에, 나는 아무 말 없이 그 마른 손을 꼭 쥐었다.

그녀가 건넨 정성 어린 음식과 기도를 보약 삼아, 나는 다시는 걷지 못할 것 같던 시간을 지나 무사히 병동으로 복귀했다. 그사이 그녀는 잃어버렸던 신앙을 다시 회복했고, 아이들에게도 그 믿음을 전해주고 싶다는 소망을 품게 되었다.

하지만 암세포는 야속하게도 다른 부위로 번져 나갔다. 복수가 차오르고 숨 가쁜 날들이 이어지자, 가족들은 서둘러 장남의 결혼식을 앞당겨 치렀다. 나 역시 재활 중인 몸을 이끌고 그 결혼식에 참석했다. 깡마른 몸에 헐렁한 한복을 입고, 얼굴을 가릴 듯 커다란 가발을 쓴 채였지만, 그녀는 '신랑의 어머니'로서 끝까지 품위를 잃지 않고 자리를 지켰다. 그 모습은 과거 화려했던 CEO의 위엄보다 훨씬 숭고해 보였다. '이

날을 얼마나 손꼽아 기다렸을까….' 그녀는 와주어서 고맙다며 인사했고, 나는 온 마음을 담아 손하트로 답했다.

그녀의 상태는 나날이 악화되었다. 정밀 진료를 위해 큰 병원으로 떠났던 그녀에게서 어느 날 전화가 걸려 왔다.

"나, 지금 호스피스 병동으로 왔어요. 상태가 많이 안 좋아졌네요. 수술하고 그곳에 있을 때 시간을 너무 의미 없이 보낸 것 같아 후회가 돼요. 그때는 이렇게 빨리 나빠질 줄 몰랐거든요. 그런데 선생님… 나 새로운 꿈이 생겼어요."

거친 숨을 몰아쉬며 그녀가 이은 말에 나는 목이 메었다.

"나중에 내가 기운 차리면, 선생님이 기타 치고 내가 노래하면서 환자들을 위해 노래 봉사하는 꿈요. 나랑 꼭 같이해줄 거죠?"

힘겨운 숨소리 너머로 들려온 '꿈'이라는 단어에 눈물이 왈칵 쏟아졌다. "그럼요! 너무 좋죠! 꿈이 있는 사람은 영원히 산대요. 살아 있어도 꿈이 없으면 죽은 거나 마찬가지래요. 그 꿈, 우리 꼭 같이해요. ○○○ 님 돌아올 때까지 저 기타 연습 정말 열심히 하고 있을게요!"

"선생님… 고마워요. 나도 누워서라도 연습할게요. 그때까지 잘 지내요… 안녕."

그녀의 거친 호흡은 한동안 내 마음을 무겁게 짓눌렀다. 나는 그녀와 함께 부를 노래들을 골라두고, 그녀가 돌아오기만을 손꼽아 기다렸다. 그녀가 좋아하던 곡들을 연습하며 병실 문이 열리기를 기다렸다. 암 때문에 모든 꿈을 잃었다던 그녀가 생의 마지막 자락에서 건져 올린 것은 '타인을 위한 노래'라는 새로운 꿈이었다.

결국 그녀는 나랑 약속한 무대로 돌아오지 못했다. 하지만 그녀를 통해 나는 깨달았다. 새로운 꿈을 품기에 너무 늦은 시간이란 없다는 것을. 지금도 가끔 환하게 웃으며 그녀가 병원 현관으로 들어올 것만 같다. 꿈을 품었던 그녀는 이제 내 마음속에서 영원히 함께 살아가고 있다. 오늘도 나는 내 마음속 그녀와 나란히 서서 환자들 곁으로 향한다.

"참, 노래하기 좋은 날이네요!"

별들이 천사의 아픔을 가져가길

소독약 냄새 대신 은은한 꽃향기가 흐르던 병원 강당, 환자복 위에 숄을 하나씩 걸치고 모여 앉은 환우들. 그날은 마음과 마음을 잇는 '문학의 밤'이 열리는 날이었다. 무대 위로 환자 보호자 한 분이 오르셨다. 말기 암으로 투병 중인 아내를 위해 직접 시를 써서 낭송하는 시간이었다. 그의 투박한 손에는 아내를 향한 진심을 한 자 한 자 눌러 쓴 종이가 들려 있었다. 얼마나 많이 읽어보셨는지 종이는 이미 얇아지고 해져 있었다.

사랑하는 나의 천사여

당신은 어느 별에서 왔소? 당신이 모르는 세상을 찾아와 왜 환우가 되어 이곳에 힘들게 누워있는지 나는 모르겠소. 그저 어여쁜 김○○이란 이름으로 나를 만나 길동무하면서 세월 가는 줄도 모르고 오순도순 살아온 지가 63년 하고도 반년이 지나가고 있구려.

우리가 이 세상을 찾아온 건 당신과 내가 선택한 건 아니지만 우리의 만남은 분명 하늘의 선택이 아니겠소. 건강하지 못한 것도 하늘의 뜻이라면 여기 이 많은 환우들과 당신의 아픔을 하늘의 별들이 가져가길 바라오.

내 입은 마음속 깊은 곳에 당신을 새기며 "사랑한다" 소리 질러 노래 부르고, 내 두 손은 당신의 건강을 기원하며 기도드리고, 내 두 눈은 당신의 쾌유밖에 보이지 않소.

나의 간절한 바람들이 당신과 이곳 천사님들께도 희망이란 마음으로 전해지길 바라오. 당신과 함께한 평생은 하나님이 선물해주신 찬란한 광명의 길이었소. 앞으로도 그럴 것이요.

어느 별 어느 곳에 하나님이 계신지 우린 모르지만, 우리가 함께 가는 그 길은 분명 밝은 빛만 비출 것이요. 오직 한 소망은 저 하늘의 별들이 당신의 아픔과 이 병원 환우님들의 아픔을 함께 가져가길 바라며.

남편 조○은 드림

"와아! 우와!" 강당이 떠나갈 듯한 박수가 터져 나왔다. 환자들은 마치 자신이 편지를 받은 주인공인 양 기뻐하며 환호했다. 나는 무대 위에서 이 감동적인 순서를 진행하고 있었다. 평소 내가 담당하던 환자였기에, 그녀의 상태가 얼마나 위중한지, 그리고 가족들이 얼마나 애틋하게 그녀를 돌보고 있는지 잘 알고 있었다. 남편분은 평소에도 병실에서 아내를 위한 작은 이벤트들을 준비하시던 다정한 분이었다.

그날, 남편의 시 낭송을 듣기 위해 그녀는 무대 맨 뒤에서 휠체어에 몸을 의지한 채 힘겹게 앉아 있었다. 낭독이 끝나자 나는 그녀를 무대 앞으로 모셨다. 곁에 있던 아들이 어머니의 휠체어를 밀며 천천히 앞으로 나아갔다. 환자들은 그녀가 무대 중앙에 도착할 때까지 끊임없는 격려의 박수를 보내주었다.

남편은 언제 준비하셨는지 세상에서 가장 예쁜 꽃다발 한 아름과 낭독한 시를 담은 액자를 들고 아내 앞에 무릎을 꿇었다. "내 마음을 이 시와 꽃다발에 담았소. 얼른 일어나시오. 고맙소." "우와아! 짝짝짝!" 환자들은 자신들이 프러포즈를 받은 듯 기쁨의 박수와 환호를 보내주었다. 그녀는 하염없이 감격의 눈물을 쏟아냈다. "여보, 내가 이 세상 끝날 때까지 당신을 사랑하겠소. 진심이 넘치는 당신의 사랑에 늘 감사해요…." 그녀는 결국 더 이상 말을 잇지 못한 채 오열했다.

무대 앞에 함께 서 있던 장성한 아들이 어머니의 마른 손을 잡고 눈물을 펑펑 쏟으며 고백했다. "어머니, 아버지… 저를 낳아 주셔서 정말 감사하고, 흐윽, 사랑합니다, 어머니!" 아들의 고백에 강당은 이미 눈물바다가 되었다. 그 눈물은 슬픔이 아니라, 고통 속에서도 눈부시게 꽃피운 '사랑'에 대한 경외심이었다. 이 모습을 지켜본 많은 환우가 자신의 아들과 남편을 떠올리며 함께 울고 웃었다.

시골에서 자란 남편은 어린 시절 홀로 상경해 안 해본 일 없이 밑바닥부터 시작했다. 천사 같은 아내의 묵묵한 내조 덕분에 그는 자수성가한 사업가가 될 수 있었다. 아내는 다정한 세 자녀의 엄마이자, 남편의 든든한 조력자로 평생을 살았다. 그녀의 삶은 그렇게 가족들의 삶 뒤편으로 조용히 물러나 있었다. 이제 자녀들도 다 장성하고, 먹고 싶은 것 마음껏 먹으며 여행도 다니고 꿈을 펼쳐보려 할 때, 야속하게도 암 말기 진단이 내려진 것이다. 병마는 그녀의 육신을 병실에 묶어두었지만, 가족의 지극한 사랑은 차가운 병실을 늘 따뜻한 꽃밭으로 만들어 주었다.

얼마 후, 남편의 시구처럼 '하늘의 별들이 그녀의 고통을 모두 거두어가는 순간'이 왔다. 별들의 배웅 덕분이었을까. 그녀는 떠나는 마지막 순간까지 별처럼 맑고 환한 미소를 남겼다.

주사를 놓고 약을 챙기는 일상적인 간호 업무도 내게는 보람찬 일이다. 하지만 그날 밤의 시 낭송과 아들의 고백, 부부의 뜨거운 포옹, 그리고 환자들의 진심 어린 박수 소리는 어떤 문장으로도 온전히 표현할 수 없는 감동으로 내 가슴에 새겨져 있다. 마음속에 별이 쏟아져 내리던 그 따스함을 잊을 수가 없다.

사실 그날 밤은 거창한 기획이 있는 자리가 아니었다. 그저 환우들을 위한 소박한 시간이었을 뿐이다. 하지만 나는 믿는다. 그날은 하늘의 별들이 고통받는 이들을 위로해주기 위해 직접 내려와 머물던 밤이었다고.

"찬란한 별들아, 그들이 외롭지 않게 천국 가는 길까지 다정한 길동무가 되어주렴."

슬픔 속에서 꽃피운 사랑의 아리아

그해 유난히도 뜨거웠던 여름의 기세가 한풀 꺾이고, 계절이 막 가을의 문턱을 넘어서던 날이었다. 병원 운동장에서 열린 '야외 뒤죽박죽 축제' 무대 위에는 췌장암과 싸우고 있는 그녀와 남편, 그리고 아직은 엄마 손이 많이 필요한 유치원생 두 딸이 나란히 올라왔다.

연한 블루 드레스에 반짝이는 장신구를 정성스레 매만진 그녀는 성악을 전공한 예술가답게 무대 위에서의 몸짓이 남달랐다. 젊은 나이에 성악가로서, 그리고 두 아이의 엄마로서 그녀가 짊어지고 온 삶의 무게는 결코 가볍지 않았을 것이다. 서로 다른 환경에서 자란 두 사람이 만나 가정을 이루고, 마침내 이 무대에 함께 서기까지 얼마나 많은 인고의 시간이 필요했을까. 무대 위 가족은 애교 많은 딸들과 함께 더없이 다정해 보였다.

입원 첫날부터 그녀는 나를 붙들고 참 많은 이야기를 쏟아냈다. 나는 그저 "아… 정말 힘드셨겠네요"라며 묵묵히 그 마음을 받아줄 뿐이었다. 그녀는 지난 고통의 시간들이 자신을 빚어내는 연단의 과정이었다고 회상했다. 그렇게 자신을 다듬어 인생의 황금기를 막 맞이하려던 찰나, 그녀는 췌장암이라는 가혹한 선고를 받았다.

상념에 잠긴 사이, 경쾌한 전주와 함께 온 가족의 율동이 시작되었다. "아기상어, 뚜 루루 뚜루~ 귀여운, 뚜 루루 뚜루~" 아이들의 고사리 같은 손놀림에 맞춰 그녀는 세상에서 가장 행복한 표정으로 환하게 웃으며 춤을 췄다. 넓은 운동장은 순식간에 웃음바다가 되었고, 사람들은 그 천진난만한 광경에 잠시 '암'이라는 잔인한 현실을 잊었다. 하지만 아이들이 무대 아래로 내려가고 홀로 남은 그녀가 반주를 요청하자, 축제의 들뜬 공기는 이내 찬물을 끼얹은 듯 고요해졌다.

그녀가 선택한 독창곡은 〈나 가거든〉이었다. 나 역시 평소 좋아하던 곡이었지만, 무대 위의 그녀가 성악가이기에 느끼는 기대감은 남달랐다. 그런데 방금 전까지 아이들과 〈아기상어〉를 부르며 해맑게 웃던 엄마의 얼굴은 온데간데없었다. 그녀는 온 힘을 다해, 아니 자신의 마지막 생명력 한 방울까지 쥐어짜듯 노래를 토해내기 시작했다.

"나 슬퍼도 살아야 하네, 나 슬퍼서 살아야 하네… 이 삶이 다하고 나야 알 텐데, 내가 이 세상을 다녀간 그 이유."

그것은 단순한 노래가 아니었다. 그것은 남겨질 아이들을 향한 처절한 약속이었고, 고단했던 자신과 세상에 대한 화해의 몸짓이자 절규였다. 축제에 모인 환자들은 숨을 죽인 채, 두 번 다시 들을 수 없을 것 같은 이 절창에 빠져들었다. 그녀의 푸른 드레스 자락이 초가을 바람에 쓸쓸하고도 아름답게 휘날렸다.

축제가 끝난 뒤, 그녀는 내게 다가와 나직이 속삭였다. "선생님, 아이들 앞에서 한 번쯤은 꼭 멋지게 노래하는 엄마의 모습을 보여주고 싶었어요."

그녀는 알고 있었던 것이다. 자신에게 허락된 시간이 얼마 남지 않았음을. 그리고 그날의 〈아기상어〉와 〈나 가거든〉이 아이들의 귓가에 남을 엄마의 마지막 육성이 될 것임을 말이다. 이 땅에서 겪어야 했던 좌절과 원망, 미움과 병마를 향한 분노까지도 그녀는 그 노래 한 곡에 실어 멀리 떠나보낸 듯했다.

그 후로도 그녀는 아이들과 부지런히 추억을 쌓았다. 그리고 목소리가 나오는 마지막 순간까지 자신의 노래로 동료 환우들을 위로했다. 그녀의 평온한 목소리는 지친 이들의 마음을 어루만지는 치유의 연고였다. 임종의 순간, "내 슬픔 속에도 사랑이 있었고, 나는 충분히 행복했어요"라고 남긴 고백은 아마도 그날의 노래를 통해 삶의 응어리를 풀어냈기에 가능했을 것이다.

해마다 '뒤죽박죽 콘서트' 홍보물이 붙을 때면, 내 마음속에서는 그녀의 푸른 드레스가 파랗게 일렁거린다. 그 고결한 선율과 함께.

우리가 끝까지 버티는 이유

해마다 겨울이 깊어지면 병원에서는 한 해를 무사히 견뎌낸 환자들을 위한 연말 행사, '에덴의 밤'이 열린다. 이 시간은 고통의 터널을 함께 지나온 사람들이 서로의 생존과 분투를 축하하는 자리다. 그날도 나는 '와우 간호사'라는 이름으로 무대 위에 섰다.

이 특별한 밤, 환자들에게 잊지 못할 깜짝 선물을 하고 싶어 평소 가깝게 지내던 보호자 분께 연락을 드렸다. 가수 뺨치는 노래 실력을 갖춘

아드님과 먼 타국에서 간호사로 일하는 따님은 아버지의 투병을 응원하는 영상 제작 요청을 흔쾌히 수락해주었다.

행사의 열기가 무르익었을 때, 준비한 영상이 스크린을 채웠다. "화려하지 않아도 정결하게 사는 삶, 가진 것이 적어도 감사하며 사는 삶, 내게 주신 작은 힘 나눠주며 사는 삶, 이것이 나의 삶의 행복이라오….' '행복'이라는 노래의 가사 마디마디에 진심을 담은 목소리가 흐르고, 그 위로 입원 중이라 자주 볼 수 없었던 부모님의 사진들이 아름답게 편집되어 흘러나왔다. 객석의 환자들은 숨을 죽인 채 그 정성 어린 영상에 몰입했다.

영상이 끝나고 나는 외쳤다. "이 영상 속의 주인공이 바로 내 자녀다, 하시는 분들은 앞으로 나와주세요!" 환자와 그의 아내가 믿기지 않는다는 듯 얼떨떨한 표정으로, 그러나 환한 미소를 띠며 무대 앞으로 걸어 나왔다. "사실 오늘 몸이 너무 좋지 않아 오지 않으려 했는데, 아내가 꼭 가고 싶어 해서 왔거든요. 그런데 아이들이 영상에 나오니 정말 꿈만 같습니다. 너무 감사합니다." 남편이 감격에 젖은 목소리로 말했다.

실시간으로 시청 중일 자녀들에게 한마디 부탁하자, 그는 "얘들아, 너무 고맙다. 바쁘고 힘들 텐데 이런 감동적인 영상을 만들다니…"라며 끝내 말을 잇지 못했다. 동료 환자들은 마치 자기 일처럼 뜨거운 박수를 보냈다. 이어 아내 분에게 소감을 물었다. 그녀는 콧물을 훔치며 마이크를 잡았다.

"안녕하세요, 5층 ○○○ 환자 보호자예요. 환우 여러분, 많이 힘드시죠? 여기까지 견뎌온 여러분 모두 대단하세요. 우리가 이 고통스러운 시간을 끝까지 버티는 이유는, 내 가족에게 '사랑한다, 고맙다, 축복한다'는 말을 충분히 하기 위해서인 것 같아요. 저희도 그 마음 하나로 버티고 있습니다. 오늘 이 선물 잊지 않을게요. 우리 내년에도 꼭 잘 버텨봐요."

미리 준비된 인터뷰가 아니었음에도 그녀의 고백은 내 마음 밭에 깊게 새겨졌다. 당시 나는 가족들에게 "내 탓이 아니다", "너 때문이다", "억울하다"는 핑계와 원망만 늘어놓고 있었다. 하지만 내 눈앞의 가족은 남편의 암이라는 시련을 통과하며 오히려 이전보다 더 단단하고 투명한 사랑으로 묶여 있었다.

부드러운 미소가 인상적인 남편과 헌신적인 아들딸. 병실에서 만난 부부에게 칭찬을 건네자 그들은 손사래를 쳤다. "아니에요, 선생님. 우린 원래 불같은 부부였어요. 아이들도 우리 때문에 상처가 많았죠. 암을 진단받고 나서야 바뀐 거예요. 이건 암이 우리에게 선물해 준 또 다른 '앎'입니다."

그는 오랫동안 성공만이 삶의 기준이라 믿으며 달려왔다. 가족은 늘 곁에 있었지만, 마음은 제각각 다른 곳을 향했다. 암은 그런 그를 강제로 멈춰 세웠다. 그는 극심한 통증과 무력감 속에서 처음으로 아내의 손을 잡았다. 그리고 깨달았다. 자신이 앞만 보고 달리던 그 세월 동안 아내 혼자 모든 짐을 지고 눈물로 밤을 지새웠다는 것을. 바쁘다는 핑계로 아이들의 마음속에 사랑의 말을 저축하지 못했다는 것을.

그들은 다시 가족이 되기 위해 신혼처럼 처음부터 시작했다. 상대가 바뀌길 바라기보다 스스로가 변하려 노력했다. 투병 기간 내내 그들은 요란한 말보다 깊은 침묵을 나눴다. 나란히 걷고, 눈을 맞추고, 함께 기도하며 신앙 안에서 평온을 되찾았다.

서먹했던 아이들과의 관계도 회복되었다. 최근에는 자녀들로부터 '세상에서 가장 존경하는 아버지', 아내로부터 '함께 늙어가고 싶은 남편'이라는 훈장 같은 말을 들었다며 그는 쑥스러운 듯 크게 웃었다. 암을 통해 인생의 가장 아픈 계절에 가장 깊은 사랑을 배운 것이다.

나는 자녀들이 왜 '행복'이라는 노래를 골랐는지 알 수 있었다. 부부는 남은 시간 동안 서로의 마음 통장에, 그리고 자녀들의 마음 통장에 '사랑'이라는 잔고를 가득 채웠다.

시간이 흘러 그는 마지막 순간까지 눈을 뜨지 못했지만, 마지막 힘을 다해 귀를 열어두고 버텼다. 아내의 사랑 고백, 아들의 의대 합격 소식, 그리고 외국에서 달려온 딸의 온기 어린 목소리까지. 이 모든 소리를 마음속에 온전히 담고 나서야 그는 비로소 평온하게 길을 떠났다. 그의 '버팀'은 결코 헛되지 않은, 숭고한 기다림이었다.

나는 여전히 이 아름다운 가족을 기억한다. 버티는 시간은 반드시 꽃을 피운다는 사실을 가르쳐준 분들이다. 그들을 만난 후 내게 '버티는 시간'은 더 이상 고단한 인내의 시간이 아니라, 새로운 꽃을 피우기 위한 설레는 기다림이 되었다.

삶이 다시 버거워질 때면 나는 그날의 영상을 꺼내 본다. 그리고 나직이 읊조린다. 버틴다는 말은 사실, 사랑의 또 다른 이름이라고.

9

인사는 정중하게, 삶은 찬란하게

"안녕하십니까? 수고가 많으십니다."

백설 같은 머리카락의 노신사는 간호사실을 지나칠 때마다 늘 정중하게 인사를 건네셨다. 간호사실이 분주해 보이면 방해되지 않도록 말없이 고개만 깊이 숙여 예를 표하곤 하셨다.

병원 행사를 진행할 때면 노신사는 언제나 그 자리에 계셨다. 라인댄스, 훌라댄스, 기타반, 연극까지 환자들을 위한 프로그램이라면 무엇이

든 열정적으로 참여하셨다. 댄스 스텝이 꼬여 박자를 놓치는 일도 종종 있었지만, 그는 완벽한 몸짓보다는 그 순간의 즐거움에 온전히 몰입하는 듯 보였다. 서툴고 느릴지언정 각 반에서 그의 출석률은 언제나 1등이었다.

축제의 막이 내리고 사람들이 모두 떠난 뒤에도 노신사는 마지막까지 자리를 지키셨다. 텅 빈 무대 아래에서 그는 늘 내게 다가와 말씀하셨다. "오늘도 참 좋았습니다. 간호사 업무에 행사 사회까지, 정말 대단하십니다. 선생님은 우리 병원 최고의 명사회자이십니다!" 부족한 나를 세워주는 그 따뜻한 격려 한마디에 하루의 긴장과 피로가 눈 녹듯 사라졌다. 나의 결점보다는 애쓰고 수고한 마음을 먼저 헤아려 주는 참 어른의 품격. 사람들은 그를 자연스럽게 '신사'라 불렀다.

운동장에서 게이트볼을 할 때도, 그는 환자들과 어울려 그 시간을 온 마음으로 즐겼다. 지긋한 연세에도 불구하고 늘 먼저 고개를 숙여 인사하는 그의 겸손함은 가족들에게도 깊은 존경의 대상이었다. 노신사의 아내는 그에 대해 이렇게 회상했다. 그는 늘 무언가를 배우기를 즐겼고, 일단 시작한 것은 반드시 끝을 맺는 성미였다고. 기타와 훌라댄스, 게이트볼은 물론이고, 성경 필사나 영상 편집처럼 인내를 요하는 일들도 그는 차곡차곡 완주해냈다. 성지 순례와 가족 여행 또한 그에게는 단순한 일정이 아닌, 삶을 성실히 기록한 '드림 리스트'의 완성이었다.

나는 그가 늘 강건한 분인 줄로만 알았다. 하지만 그는 10년 전 이미 간암 수술을 받았고, 몇 차례의 재발과 수술을 반복하며 버텨온 분이었다. 그러던 어느 날, 평화롭던 그의 일상에 간성혼수가 찾아왔다. 의식을 잃기 전날까지도 그는 평소와 다름없이 간호사실 앞에서 고개를 숙여 인사했다. 그것이 우리의 마지막 인사가 되었다.

그는 어쩌면 '그날'이 올 것을 미리 알고 있었는지도 모른다. 간암 진단 이후, 그는 아주 천천히 그리고 정성스럽게 아름다운 이별을 준비해왔다. 환갑이 훌쩍 넘은 나이에 영상 편집을 배워 가족들에게 보낼 '지난날의 회고'라는 영상 편지를 만들었다. 평생 모은 사진들에 손수 고른 음악을 입히며, 그는 여러 번 편집을 멈춰야 했다고 한다. 목이 메어 말을 잇지 못하거나, 카메라를 끈 채 한참 동안 눈을 감고 기도를 올리기도 했다.

이 땅에 태어나게 하시고, 너희 엄마를 만나 사랑스러운 세 딸과 아름다운 가정을 이루게 하심에 감사한다. 사위들, 재롱둥이 손주들아. 자녀들이 적은 월급을 쪼개 은혼식 여행을 보내주었던 그 시간, 환갑 기념 성지 순례와 온 가족이 함께했던 동남아 배낭여행을 나는 영원히 잊지 못할 게다. 효심 지극한 딸들과 사위들이 늘 내 건강을 걱정해 주어 든든했단다. 내가 젊었을 때는 너희를 '누구의 딸'이라 불렀는데, 이제는 나를 '누구의 아버지'라 부르니 세월이 참 많이 흘렀음을 느낀다. 얘들아, 출세하지 못해도, 돈을 많이 쌓지 못해도 괜찮다. 그저 순간순간이 행복한 삶이 되길 바란다. 잠시 머물다 가는 세상, 매 순간 행복을 만들어가며 살자꾸나. 잘 자라주어 고맙다. 너희 모두를 사랑한다.

노신사가 남긴 이 영상 편지는 가족들에게 세상 그 무엇보다 귀한 유산이 되었다. 그는 투병하는 10년 동안 성경 전체를 필사하는 대장정도 마쳤다. 한 단어, 한 문장마다 온 힘을 눌러 담은 필사본은 유품이 되어 강당 앞에 전시되었다.

"여보, 당신 정말 멋지게 살다 가요. 당신 아내여서 참 행복했어요."
"아버지, 사랑해요. 아버지 딸로 살 수 있어서 정말 좋았어요."

가족들의 애끓는 고백을 뒤로하고 노신사는 깊은 잠에 빠져들었다. 매일을 생의 마지막 날처럼 성실하게 살아온 그에게, 그 잠은 후회 없는 단잠이었을 것이다.

나 역시 하얀 종이를 펼쳐 노신사처럼 '드림 리스트'를 적어본다. 죽음을 앞두고 비워내는 '버킷 리스트'가 아니라, 매일의 삶을 꿈으로 채워가는 '드림 리스트'를. 나는 그 신사처럼 그저 적어두기만 하는 사람이 아니라, 오늘 할 수 있는 작은 일들을 삶으로 실천하는 사람이 되고 싶다.

모든 이에게 배우고, 배운 것을 나누며, 정중히 인사하고, 마음껏 사랑하는 삶. 자신의 마지막을 가장 찬란한 꿈으로 장식했던 노신사께, 오늘은 내가 먼저 마음을 다해 인사를 드리고 싶다. 이 기록들이 책이 되어 세상에 나가는 날, 나의 드림 리스트에도 작은 체크 표시 하나를 할 수 있을 것 같다.

그때쯤이면 하늘의 노신사께서도 특유의 인자한 미소를 지으며 말씀해 주시지 않을까. "그동안 수고 많았습니다. 제 이야기도 이렇게 예쁘게 남겨주어서 참 고맙습니다."

10

당신은 너무 귀합니다

"저는 몇 년 전 뇌종양 진단을 받았을 때, 이상하게도 감사한 마음이 들어 웃음이 났어요."

최대한 담담하게 건넨 나의 말 뒤로, 병실 안에는 기계음과 낮은 숨소리만이 정적을 메우고 있었다. 침대에 누워있던 그녀가 눈을 크게 뜨며 반응했다.

"어머나, 선생님… 사실 저도 췌장암 진단을 받았을 때 오히려 기뻤거든요. 선생님 이야기가 너무 궁금해지네요."

그 순간, 설명할 수 없는 전율이 온몸을 스쳤다. 더 이상의 말은 사족이었다. 우리는 서로를 바라보며 조용히 웃었다. 마치 아주 오래전부터 알고 지낸 사이처럼, 영혼의 파동이 먼저 맞닿아 있었다. 그녀는 췌장암 말기로 생의 마지막을 준비하던 중이었다. 가장 강력한 마약성 진통제로도 통증을 다스리기 힘든 상태였고, 식사조차 거의 하지 못해 몸은 뼈만 남은 듯 앙상했다. 하지만 그 맑은 눈망울만은 유난히 빛났다. 고통의 소용돌이 한가운데서도 그녀는 이상하리만큼 고요했으며, 갈라진 목소리로 내뱉는 문장마다 지성과 품위가 배어 있었다. 암은 그녀의 육신을 잠식했지만, 그녀의 눈빛과 태도까지 빼앗지는 못했다. 죽음을 목전에 둔 사람이라고는 믿기지 않을 만큼, 그녀의 얼굴은 오후의 햇살처럼 환했다.

마음이 열리자 그녀는 자신의 삶을 조금씩 꺼내 보였다. 몇 해 전, 사랑하던 남편이 암으로 세상을 떠났다고 했다. 아이가 없던 그녀에게 남편의 부재는 삶의 이정표가 송두리째 뽑혀 나가는 일이었다. 매일 아침 눈을 뜨는 것조차 고역이었고, 하루하루를 '살아가는' 것이 아니라 '견뎌내는' 마음으로 버텼다. 그러던 중 마주한 췌장암 선고. "그 진단을 받고서야 이제 그만 잠들 수 있겠다는 생각이 들었어요. 그래서… 기뻤어요."

웃으며 말하는 그녀 앞에서 나는 어떤 말도 얹을 수 없었다. 상실의 깊이는 그 어떤 화려한 수사로도 메울 수 없음을 나 역시 절감하고 있었기 때문이다. 대신 나는 그녀의 가녀린 손을 가만히 쥐었다. 손끝은 시리도록 차가웠지만, 이상하게도 내 가슴속으로는 훈훈한 온기가 스며들었다. 무통 주사를 놓기 위해 혈관을 찾을 때면 그녀는 늘 신뢰 어린 눈빛으로 내 손을 바라보며 말했다. "선생님 주사는 하나도 안 아파요."

그것은 단순한 찬사가 아니라 나를 향한 깊은 신뢰였다. 그녀는 내가 근무하는 시간을 기억했고, 내가 병실 문을 열고 들어서는 찰나를 기다렸다. 나는 그녀가 걷는 마지막 길이 외롭지 않기를, 두려움의 그림자보다는 존재의 따스함이 더 크게 자리하기를 간절히 소망했다.

사실 그 무렵, 나 또한 거대한 상실의 파도에 휩쓸려 있었다. 오랜 시간 지켜온 가정이 한순간에 무너졌고, 삶의 지지대를 잃은 채 홀로 남겨졌다. 그 상실감은 육체의 병보다 더 소리 없이, 그러나 깊숙이 영혼에 스며들었다. 왜 다시 살아야 하는가에 대한 질문 앞에서 마음은 갈피를 잡지 못하고 흔들렸다. 한때 병원 침대 위에서 '이대로 삶을 놓아도 되지 않을까' 고민했던 사람이 바로 나였다. 뇌종양 진단을 받던 날, 나는 죽음을 직면한 이들의 그 무거운 침묵을 비로소 이해하게 되었다.

그 암흑 같은 시절, 내 마음을 지탱해준 것은 한 문장이었다. "너는 피투성이라도 살아 있으라." 그 말씀 하나를 등불 삼아 나는 다시 하루라는 시간을 건너기 시작했다.

모든 것이 파괴된 피투성이 같은 삶이었지만, 나는 매일 간호사복을 입고 암 환자들 곁에 섰다. 당시의 나는 몸과 마음이 모두 조각난 상태였다. 몇 해 사이 집이 불타고, 무릎 수술을 했으며, 큰 교통사고까지 겪었다. 그러나 현실은 나를 병원 침대에만 머물게 두지 않았다. 척추뼈가 채 붙지도 않았지만, 나는 병동에 서야 했다. 일하는 내내 허리를 짓누르는 듯한 무시무시한 통증이 나를 괴롭혔지만, 몸의 통증보다 마음의 절망이 더 깊었다. '나는 이제 다시는 행복해질 수 없는 사람일까? 나라는 존재는 왜 이렇게 쓸모없는 사람처럼 느껴질까?' 나는 회복된 사람이 아니라 그저 하루를 버티는 사람이었다. 이런 깊은 절망 가운데 그녀를 만난 것이었다.

근무가 없던 어느 날, 이상하게도 그녀의 모습이 머릿속을 떠나지 않았다. 날이 갈수록 늘어가는 진통제 투여 횟수가 마음에 걸렸다. 문득 설명할 수 없는 이끌림에 그녀에게 노래를 들려주고 싶어졌다. 뻔한 위로의 말이나 기도보다, 오직 선율에 담긴 진심을 전하고 싶었다.

기타를 메고 병실 문을 열자, 그녀가 환하게 웃음을 터뜨렸다. "선생님이 오시면 통증이 덜해요." 나는 조용히 현을 퉁기며 노래를 불렀다. 잠시나마 병실은 병원이 아닌 다른 공간으로 변모했다. 노래가 흐르는 동안 거친 기계음도, 날카로운 고통도 저만치 멀어지는 듯했다.

노래가 끝났을 때, 우리는 마주 보며 울고 있었다. 한참을 침묵하던 그녀가 나를 바라보며 나직이 속삭였다. "선생님을 보면서 다시 살고 싶은 마음이 생겼어요. 선생님은 너무 귀하세요. 꼭, 행복하게 살아주세요."

그것은 위로라기보다 절절한 부탁이었다. 완벽하지 않아도 괜찮다고, 화려하지 않아도 지금 이대로의 당신은 충분히 살아갈 가치가 있다고 말해주는 것 같았다. 그 순간, 나는 그녀가 다 살지 못한 삶의 몫까지 내 생에 담아 이어가겠노라고 마음 깊이 맹세했다. 며칠 뒤, 그녀는 내가 불러준 노래 가사를 나직이 읊조리며, 하늘에 닿을 소망을 품은 채 평온한 얼굴로 영원한 잠에 들었다.

얼마 전, 그녀의 언니가 내게 감사 편지를 전하며 말했다. "저는 학교에서 아이들을 가르치고 있어요. 동생을 돌봐주신 선생님을 보며, 저 또한 진심으로 사람을 대하는 교사가 되어야겠다고 다짐했어요." 병실에서 그녀를 위해 불러주었던 노래 영상을 지금도 매일 듣고 있다고 했다. 노래를 거의 다 외울 만큼 말이다.

그녀의 언니가 돌아간 후 편지를 펼쳐보았다.

여동생이 마지막 날들을 한없이 사랑과 따뜻한 돌봄을 받으며 보낼 수 있게 해 주셔서 감사합니다. 앞으로의 날들에, 하시고자 하는 모든 일에 하나님의 빛과 사랑이 함께하시길 기도합니다.

2025년 8월 19일, ○○의 언니들 드림.

나는 이 편지를 가슴에 대고 한참 동안 앉아 있었다. 읽고 또 읽었다. 그리고 그녀가 나에게 했던 말이 다시 떠올랐다. "선생님은 너무 귀하세요." 그녀가 그리웠다. 사실 그때의 나는 간호사로서뿐 아니라 삶 전체에서 내가 가장 쓸모없다고 느껴졌을 때였다. 마치 다 깨어진 그릇이 되어 아무 곳에서도 더는 쓰이지 못하고 조용히 버려지는 느낌이었다. 몸은 이전처럼 움직이지 않았고, 뼈가 붙지 않는 채로 일을 하며 앞으로 무엇을 할 수 있을지조차 상상할 수 없었다.

나는 그 시간 동안 간호사로서도, 한 사람으로서도 내 삶이 점점 작아지고 있다는 감각 속에 있었다. 그런데 그녀와의 만남과 이 편지는 그 깨어진 나를 향해 "우리는 당신을 보았다"고 말해주는 것 같았다. 그녀와 보호자들은 내가 버틴 시간들이 결코 헛되지 않았다는 확신을 주었다. 마치 다시 살아갈 의미를 새롭게 부여해 주는 듯했다. 그것은 나의 평생 간호사 생활과 무너졌던 나의 삶 전체에 대해 삶이 가장 늦게 건네준 보상처럼 느껴졌다.

그리고 그날, 나는 다시 살아가도 되겠다는 조용한 용기를 얻었다. 눈물이 금가루처럼 빛나며 흘러내렸다. "오히려 덕분에 제가 다시 살아갈 용기를 얻었습니다. 정말 감사합니다." 돌본다고 생각했던 시간들은, 사실 내가 돌봄을 받고 있던 시간들이었다. 그녀가, 나를 다시 살렸다.

5장

다시 봄, 눈부신 오늘

휠체어 위에서 시작된 우리의 천국

"여기, 기저귀 가져왔어요. 볼일 보시고 이쪽에 모아두시면 제가 치워
드릴게요."

천사 같은 간호사 선생님이 미소와 함께 기저귀를 건네고 나갔다. 아이러
니하게도 뇌종양 치료 과정을 거치며 나는 무릎 연골판 조직 이식 수술을
받게 되었다. 간호사로 평생을 살았지만, 직접 환자가 되어 아파보고 불편
을 겪고 나서야 비로소 보이지 않던 것들에 눈이 열리는 기분이었다.

우리 몸에 중요하지 않은 곳이 어디 있겠냐마는, 연골판은 무거운 상체를 지탱해주는 든든한 쿠션이다. 나는 오른쪽 무릎 연골판이 파열된 상태로 오래 방치하다 뒤늦게 수술대에 올랐다. 쿠션이 사라진 무릎은 이미 심하게 절뚝거리고 있었다.

연골판 이식은 보통 몇 년을 기다려야 한다고 했다. 그런데 일주일 만에 대학병원에서 전화가 왔다. 나에게 맞는 연골판을 찾았다는 것이었다. "이건 웬만한 인맥으로도 어려운 일인데, 정말 운이 좋으시네요." 모든 의료진이 놀라며 말했다. 나는 그 전화를 '하늘의 승인'이라 믿었다. 앞으로 환자들을 다시 돌보기 위해서 이 수술은 나에게 반드시 넘어야 할 산이었다.

전신마취 후 수술이 진행되었고, 이식된 연골판이 잘 자리 잡을 수 있도록 허벅지부터 발목까지 육중한 통깁스를 했다. 수술 직후, 나는 내가 간호사로 일했던 바로 그 요양병원, 내가 돌보던 환자들이 누워있는 병실로 입원했다. 당시로선 다른 선택지가 없었다. 누군가의 도움 없이는 단 한 뼘도 움직일 수 없는 처지. 환자를 돌보던 익숙한 공간에서 나는 철저히 돌봄을 받아야만 하는 연약한 환자가 되었다.

하필이면 코로나-19가 기승을 부리던 때라 설상가상으로 확진 판정까지 받아 격리 병동에 갇히게 되었다. 통깁스를 한 채 마주한 고열은 그 자체로 지옥이었다. 입술은 가을 낙엽처럼 바싹 타들어 갔고, 갈증을 이기려 물을 마시면 이내 소변이 차올랐다. 하지만 몸은 돌덩이처럼 무거웠고 목발을 짚고 일어설 기운조차 없었다.

그때 기저귀를 들고 나타난 분이 바로 그 천사 같은 간호사였다. 홀로 고군분투하던 내 사정을 알고 격리실까지 찾아와준 것이다. 그날 밤, 나는 고마운 마음을 눈물 대신 기저귀에 쏟아냈다. 그제야 나는 '돌봄'이 무엇인지 동료 간호사님을 통해 처음으로 배웠다.

환자의 눈으로 본 의료진의 모습은 사뭇 달랐다. 내 말 한마디를 따뜻하게 경청하고 정성을 다하는 이가 있는가 하면, 어떤 이는 영혼 없는 대꾸만 남긴 채 제 할 말만 하고 사라졌다. 병원 규정과 원칙을 누구보다 잘 아는 나였지만, 막상 환자가 되어보니 아픈 것도 서러운데 혹여 폐가 될까, 주변 눈치까지 살펴야 하는 약자가 되어있었다. 자리가 바뀐 그곳에서 나는 스스로에게 묻지 않을 수 없었다. '나는 과연 어떤 간호사였던가.' 거울 앞에 선 것처럼 지난날을 반추하며 뼈아픈 반성의 시간을 보냈다.

격리가 끝나고 드디어 다인실로 옮겼다. 스스로 밥상조차 치울 수 없는 현실에 우울함이 밀려왔지만, 비슷한 처지의 환우들과 함께 지내며 이 시간을 의미 있게 채우고 싶었다. '그래, 다리는 못 써도 내게는 노래할 입술과 연주할 손이 있지 않은가.'

나는 매일 병실에서 기타를 치며 노래를 불렀고 함께 기도를 올렸다. 사실 병실에서 만난 환자들은 가족 이상의 *끈끈한* 정으로 하나가 되었다. 병실에서 생신을 맞은 어르신을 위해 다 같이 축하 노래를 불러드렸더니, 그 영상을 찍어 가족에게 보내며 어린아이처럼 기뻐하셨다. 그 어르신의 가족들은 영상을 보며 자신의 어머님의 환한 미소에 함께 기뻐했다.

어느 날은 췌장암으로 음식을 먹지 못하고, 통증에 시달리던 환자분이 내 노래를 듣더니 "찬양만 들으면서 잠들고 싶다"고 속삭였다. 휠체어에 앉아서 그 환자가 원하는 신청곡을 받으면서 기타연주를 해 드렸다. 그녀는 먹지 못해서 뼈만 앙상하게 남았지만, 노래를 부를 때는 눈빛이 빛났다. 폐암이 전이되어 삶을 포기했던 한 환자는 "노래를 부르니 평안이 찾아오고, 꽉 막혔던 소변길이 열리는 기분이다. 하루 세 곡씩 약처럼 노래를 듣고 싶다"고 부탁했다. 좁은 병상에 통깁스를 하고 엉거주춤 앉아 퉁기는 서툰 기타 소리가 왜 사람들의 가슴을 울리는 것일까. 아마도 살고 싶어서, 이 우울함을 떨쳐내고 싶어서 몸부림치던 나의 진심이 그들에게 닿았기 때문일 것이다. 그 시간이 없었더라면 정작 버티지 못했을 사람은 환자들이 아니라 바로 나 자신이었다. 다인실의 좁은 공간이었지만, 서로를 위하는 마음이 모이자 그곳은 더 이상 병실이 아니었다. 우리의 작은 천국이었다.

그동안 병원에서 환자를 성심껏 돌보던 간호사였던 내가 입원한 사실을 다른 환자들도 알게 되었다. 내가 누워있는 다인실로 그동안 내가 돌봤던 환자들이 방문을 오셨다.

"선생님, 이 홍화씨가 뼈를 잘 붙게 한대요." "누워만 있고, 활동 못해서 변비 심해졌죠? 이 다시마환 좀 먹어봐요." "와우 간호사님, 잘 드시고, 휠체어에서 벌떡 일어나서 걸어야죠. 파이팅." "이 팥죽 좀 먹어보고, 이 한라봉도…." 내가 휠체어에서 작은 천국을 맛보는 동안 다른 환자들은 나에게 끊임없는 음식과 사랑을 배달해 주셨다. 내가 주었던 것보다 더 큰 것을 돌려받으며, 나는 또 그 받은 사랑을 병실에서 다시 나눴다. 나 또한 무릎 수술 후 걸음마를 처음부터 다시 배웠다. 주치의 선생님은 내가 넘어질까 봐 신발을 내 발 모양에 맞춰 직접 잘라주기도 하셨다. 걸음마 연습은 단순히 근육을 키우는 과정이 아니었다. 누군가 가 내 손을 잡아주어야만 비로소 한 걸음을 뗄 수 있다는 사실을 온몸으로 받아들이는, 처절하고도 아름다운 겸손의 훈련이었다. 비록 몸은 휠체어 위에 있었지만, 환자들의 사랑과 의료진의 정성은 내 마음을 다시 일으켜 세웠다.

나는 무릎 수술 후 더 이상 환자의 몸을 돌보는 간호사는 아니었지만, 휠체어 위에서 처음으로 영혼을 돌보는 영적 간호를 시작했다.

환자들을 보며 나는 깨달았다. '좋아진다'는 것이 반드시 '완치'만을 의미하는 것은 아니라는 사실을. 암이라는 가혹한 전쟁터에 내던져진 이들에게 서로 건네는 미소, 기도 한 자락, 노래 한 소절은 오늘 하루를 버티게 하는 유일한 양식이었다.

무릎 수술 후 휠체어에서 환자들의 한숨, 눈물, 깊은 밤을 함께 보내면서 그분들의 마음을 더 깊이 이해하게 되었다. 그리고, 그 앉은 높이에서 나눈 웃음과 눈물이 결국 나를 다시 일어서게 했다.

휠체어에서 일어나 한 걸음, 두 걸음 내딛던 날 그동안 내 다리가 되어주었던 휠체어를 쓰다듬으며 조용히 말했다.

"정말 고마웠어… 안녕."

— 2

함께 피는 들꽃

"이 병실에서 노랫소리가 들려서 왔어요."

휠체어에서의 작은 천국을 맛보던 어느 날, 또 한 사람이 병실 문 앞에 조용히 서 있었다.

그녀의 눈빛은 허공을 향해 있었다.

병실의 환자들은 심각한 표정으로 병실을 둘러보고 있는 그녀를 힐끗 보며 말을 아꼈다. 모두 그녀가 이 병실에 오는 것을 꺼리는 눈치였다.

그때 보행기를 밀며 내 곁으로 다가온 그녀는 말했다. "병실을 옮기고 싶은데 지금 유방암 수술 부위 때문에 좌측으로만 누울 수 있어요." 나는 망설임 없이 말했다. "네, 그럼 제가 옆 침대로 갈게요. 언제든 오세요." 그 한마디가 그녀의 어둠을 갈랐다. 훗날 그녀는 말했다. "그 말이, 제 안을 통과하는 빛이었어요."

그녀는 뼈와 폐, 뇌까지 전이된 말기 유방암으로 6개월 시한부 선고를 받았다. 더 이상 할 수 있는 치료는 없다는 말을 들었다. 그녀는 몇 년 전 오빠가 숨을 거둔 이 요양병원에서 자신의 마지막을 준비하기 위해 입원했다.

어느 날 소파에서 일어나던 순간, 척추 여러 곳이 골절되었다. 거동이 불편했던 그녀는 병실 문을 잠갔다. 커튼을 치고, 식음을 전폐한 채, 살아 있으나 무덤처럼 지내고 있었다. 그녀의 병실에는 매일 통곡 소리가 흘러나왔다.

그런 그녀가 우리 병실에서 들려오던 노랫소리에 이끌려 보행기를 끌고 찾아왔다고 했다.

그날 이후 그녀는 매일 우리 병실을 찾아왔다. 척추뼈가 골절된 상태여서 척추보조기를 착용해서 움직임도 조심스러웠다. 보행기를 이용해서 조심스럽게 걸었다. 그녀는 병실에서 기타를 치며 노래하는 환자들 틈에 앉아서 노래를 어색하게 따라 불렀다. "아, 여기는 병실이 아니라… 작은 천국 같아요." 그녀가 조용히 말했다. "아, 그럼 매일 천국에

오세요. 저랑 같이 노래해요" 그날부터 우리는 단짝이 되었다. 다른 병실을 돌며 노래하고 기도하고 웃었다.

"아, 이렇게 하루씩만 즐겁게 살면 되는구나!" 그녀의 얼굴에 미소 꽃이 피기 시작했다. 그녀는 다른 환자들을 위해 노래해 주며 자신의 기쁨을 조금씩 찾기 시작했다. 그녀의 병실에서는 커튼이 활짝 열렸다. 말소리와 웃음소리가 흘러나왔다. 그 모습을 본 그녀의 딸은 말없이 눈물을 흘렸다. 죽음을 준비하러 온 그녀는 이제 다른 환자들에게 불러줄 노래를 준비하느라 죽음을 준비할 시간이 없었다.

치료 방법이 없다는 말만 듣고 모든 것을 포기했던 그녀가 자신을 소중히 여기고, 할 수 있는 새로운 치료들을 찾기 시작했다. 시간이 흘러 우리에게 꿈이 생겼다. 병원에 깔딱고개가 있다. 그 고개를 넘기 시작하면 암 환자의 건강이 회복된 신호라고 믿어지던 길이었다. 그래서 우리는 그 깔딱고개를 넘어보기로 했다.

우리는 잘 걷지 못했지만 천천히 걷기 연습을 시작했다. 다른 환자가 여린 손으로 그녀의 손을 잡았다. 나는 그 옆에서 그 손을 다시 붙들었다. 우리는 서로의 체온에 의지해서 조심스럽게 한 걸음, 두 걸음 발걸음을 옮겼다. 마침내 다른 암 환자들의 손길에 의지해서 깔딱고개를 넘었다. 함께 손을 잡고 하늘을 향해 "감사합니다!"를 외쳤다.

그날 두려움이 기쁨과 감사로 변했다.

그 후 점점 건강을 회복해 가던 그녀는 이제 다른 환자의 손을 잡아주기 시작했다.

죽음을 준비하러 왔던 6개월은 그녀를 다시 살게 하는 훈련장이 되었다. 환자들과 어울려 게이트볼을 치며 '탕!' 소리와 함께 웃음을 터뜨리는 그녀의 얼굴에는 생기가 돌아왔다. 이제 그녀는 방황하는 다른 환자들에게 먼저 다가가 "필요한 게 있으면 언제든 내게 오라"며 손을 내미는 '넉넉한 치유자'가 되었다. 우리는 함께 다른 환자들과 우리 서로를 위해서도 간절히 기도했다. 함께 기도하면서 우리는 많은 기도 응답들을 누렸고, 서로의 마음을 붙들었다. 서로를 빛으로 지지해 주던 하루가 쌓였다. 나는 간호사였고, 환자였고, 다시 간호사가 되었다. 이제는 받은 사랑과 빛을 나누는 사람으로.

나는 이제 안다. 세상에 스스로 피는 꽃은 없다는 것을. 손을 잡고 깔딱고개를 처음 오르던 날, 바람에 흔들리던 들꽃들이 우리를 닮아 있었다. 적막한 광야 같은 투병의 시간도 들꽃 같은 여린 손을 잡으면 모래바람을 비껴갈 수 있었다. 사람은 서로에게 가장 귀한 약이었다.

기적은, 우리가 함께 서기로 마음먹은 순간부터 시작되었다. 손을 잡는 순간, 더 이상 벼랑 위에 서 있지 않았다.

그녀는 6개월보다 훨씬 긴 오늘을 살아내고 있다.

나는 그녀를 만날 때마다 환하게 손을 흔든다.

우리는 함께 했던 추억과 앞으로 함께 할 시간을 생각하며 묻는다.

"굿모닝?"

— 3

살아 있다니, 이만하길 다행이야

'아, 차라리 이 모든 순간이 꿈이었으면….' 내가 근무하던 요양병원은 깊은 산골에 자리 잡고 있었다. 병원으로 향하는 길은 겨울이면 블랙 아이스가 깔리고 눈길 사고가 빈번한 험로였다. 사고가 났던 그 날, 나는 그 순간이 꿈이기를 간절히 바랐다. 쉬는 날임에도 불구하고 새로 맡게 된 감염관리 업무의 중압감을 이기지 못해, 남은 일을 처리하려 병원으로 향하던 길이었다.

갑자기 브레이크를 밟았지만, 페달은 허망하게 쑥 들어갔다. 제어력을 잃은 차를 멈추기 위해 내가 선택할 수 있는 유일한 방법은 눈앞의 전봇대를 들이받는 것뿐이었다. 찰나의 판단이었다.

전봇대에 강하게 충돌한 차에서 '펑' 소리와 함께 검뿌연 연기가 피어올랐다. '이대로 차가 폭발하겠구나' 하는 공포가 엄습했다. 문을 열려 했으나 찌그러진 차체는 꼼짝도 하지 않았다. "하나님, 우리 아이들 어떡해요?" 그 순간 머릿속엔 오직 아이들 생각뿐이었다. 굴곡진 엄마의 인생을 지켜보며 몸만 자란 아이들에게 차마 전하지 못한 말이 너무 많았다. 내가 이렇게 허망하게 사라지면 남겨진 아이들의 삶이 너무도 고단할 것 같아, 시간이 허락한다면 "너희를 정말 사랑한다"는 말을 꼭 남기고 싶었다. 언제 터질지 모르는 차 안에 갇힌 채, 나는 죽음의 공포와 싸워야 했다.

간절히 아이들의 이름을 부르며 필사적으로 문을 밀어냈다. 세 번째 시도 끝에 문이 열렸고, 인가 드문 시골길 어디선가 이름 모를 세 명의 남자가 달려왔다. 그들은 보이지 않는 곳에서 나타난 천사들이었다. 떨고 있는 나를 잡아주고, 따뜻한 담요를 덮어주며 모든 사고 처리를 도와주었다. 그분들의 도움 덕분에 나는 무사히 응급실에 도착할 수 있었다.

진단명은 흉추 12번, 요추 1번, 그리고 갈비뼈 두 대의 압박 골절. 차는 폐차되었고, 간호사였던 나는 다시금 중증 환자의 자리로 돌아갔다. 뼈가 붙을 때까지 타인의 손길 없이는 살 수 없는 존재가 된 것이다. 소변줄을 꽂고, 누운 채로 배변을 해결해야 하는 처지는 겪어보지 못한 이는 알 수 없는 굴욕이었다. 의식은 또렷한데 마음대로 되지 않는 육체. 자존심과 수치심이 온몸을 휘감았다.

간병인의 "괜찮으니 편하게 보세요"라는 말이 그토록 야속하게 들릴 줄은 몰랐다. 나 또한 환자들에게 수없이 내뱉었던 "괜찮아요, 그냥 해보세요"라는 말이, 그들에게는 결코 괜찮지 않은 폭력이었을지도 모른다는 사실을 뼈저리게 깨달았다. 침대에 누워 냄새나고 쉬가 나는 몸을 견디며, 나는 비로소 간호사라는 이름표 뒤에 숨겨진 인간의 '민얼굴'을 마주했다.

지난 몇 년 사이 가정이 해체되고, 뇌종양과 무릎 수술, 화재, 그리고 이제는 교통사고까지…. 주변 사람들은 이제 어떤 위로를 건네야 할지 몰라 입을 닫았다. 나 역시 마음이 온통 회색빛으로 물들었다. '쉬는 날 왜 일하러 갔을까.' 하는 자책은 산재 불승인이라는 현실로 돌아와 가슴을 쳤다. 내 인생에 과연 다시 봄이 올 수 있을까.

결국, 압박 골절된 척추에 의료용 시멘트를 채워 넣는 시술을 받았다. 피부만 마취할 뿐 뼈 자체의 통증은 그대로 느껴지는 시술은 기절할 듯한 고통을 동반했다. 시멘트를 넣기 위해 구멍을 뚫고 꽝꽝 두드리는 진동이 장기 끝까지 전해져 비명을 지르고 싶었다. 식은땀은 어느새 피땀으로 변해 흘렀다. 시술을 마친 후 병실로 돌아오며 시트가 다 젖을 정도로 울었다. 그때 딸이 내 손을 꼭 잡으며 들어왔다. "엄마, 많이 아파?" 딸이 잡아준 그 손은 그 어떤 약보다 강력한 진통제였다.

시술 덕분에 조금씩 힘이 들어갔고, 나는 이 지루한 투병 생활을 누구보다 슬기롭게 보내기로 마음먹었다. 암 환자들이 남겨진 시간들을 어떻게 채워가는지 곁에서 지켜본 간호사가 아니었던가. 나는 잘 익은 빨간 토마토를 사서 창가에 조르르 올려 두고, 하나씩 천천히 먹으며 시간을 보냈다. 토마토의 선홍빛 생기가 나의 창백한 뺨으로 조금씩 옮겨오는 듯했다.

병실 안에는 저마다의 사연으로 사고를 당한 이들이 가득했다. 조문을 갔다가 넘어져 고관절이 골절된 여성은 내내 "왜 그곳에 갔을까." 자책했고, 사우나 바닥의 비누를 보지 못해 갈비뼈 7개가 부러진 환자도, 내리막길에서 넘어져 양 손목을 다친 환자도 모두 '그날, 그 시간'으로 돌아가 후회와 분노를 쏟아내고 있었다.

그러던 어느 날, 새로 입원한 환자가 말했다. "의자에서 넘어져 흉추 12번이 금이 갔는데, 내가 왜 그 자리에 앉았는지 너무 후회돼요." 속상해하는 그녀에게 나는 공감한다고 답했지만, 속으로는 그녀가 부러웠다. 시멘트 시술까지는 필요 없는 그녀의 상태가, 갈비뼈와 척추 2곳이 바스러져 시멘트 냄새에 취할 정도로 고통받았던 나보다 훨씬 나아 보였기 때문이다.

그 순간 문득 깨달음의 눈물이 흘렀다. '아, 누군가는 지금 내 상태를 보고도 부러워할 수 있겠구나.' 더 심하게 다친 이에게는 내가 희망이 될 수 있고, 덜 다친 이에게는 내 모습이 자신의 상태에 감사할 이유가 될 수 있겠다는 생각.

그날 이후 나의 관점은 완전히 바뀌었다. "그래, 교통사고가 이만하길 천만다행이다. 살아 있음에 감사하자."

척추에 박힌 시멘트조차 내 삶의 일부로 담담히 받아들였을 때, 비로소 회색빛 마음 위로 따뜻한 봄볕이 들기 시작했다. 그리고 암 환자들의 안부 전화와 응원 메시지, 정성이 담긴 반찬들이 나를 침상에서 다시 일으켜 세웠다.

다시 병원으로 돌아가 간호사복을 입었을 때, 환자들은 내 손을 잡으며 기뻐해 주셨다. "우리 와우 선생님, 다시 살아 돌아오셨네! 정말 고생 많으셨어요." 그들의 박수와 격려 속에 나는 조금씩 몸과 마음을 회복해 나갔다.

암은 그래도 자신의 삶을 정리하고 사랑하는 이들에게 추억을 남길 시간이 주어진다. 하지만 갑작스러운 사고는 아무런 준비 없이 우리를 소멸시킬 수도 있다는 것을 알았다. 교통사고가 내 인생의 봄을 앗아간 줄로만 알았는데, 지나고 보니 그날 나는 모든 것을 잃은 것이 아니었다.

이만하길, 정말로 다행이었다.

내 삶에 찾아온 기적의 시간

'쿵, 쿵, 쿵.' 좁고 폐쇄적인 MRI 기계 안, 기괴한 소음이 고막을 파고들었다. 통속에 누워있는 시간은 체감상 수년이 흐르는 듯 길게만 느껴졌다. 추적 관찰을 위해 검사실로 향하는 길은 늘 납덩이를 매단 듯 발걸음이 무거웠고, 가슴 속에는 오직 단 하나의 간절한 소망만이 맴돌았다. '조금만 더, 더 살고 싶다.'

암 병동에서 뇌종양 환자들이 얼마나 무기력하게 무너져 내리는지 나는 질리도록 보아왔다. 고통에 일그러진 그들의 얼굴 위로 내 모습이 겹쳐 보일 때면, 나는 비명처럼 고개를 세차게 흔들며 그 잔상을 지워내야 했다.

환자들과 살을 부대끼며 보내는 시간 동안 나는 배웠다. 비록 통증이 씻은 듯 사라지지 않더라도 삶은 여전히 지속될 수 있다는 것을. 하지만 내 머릿속의 종양은 언제 터질지 모르는 시한폭탄처럼 늘 불길하게 째깍거렸다. 그 불안을 누르기 위해 어깨의 힘을 빼고 모든 것을 하늘의 뜻에 맡긴 채, 환자들과 함께 울고 웃으며 '와우 간호사'로서의 하루하루를 버텼다. '그 따뜻한 시간이 조금만 더 허락되기를' 바라는 간절한 독백만이 내가 할 수 있는 전부였다.

무한할 줄 알았던 생이 사실은 유한하다는 것을 뼈저리게 깨달은 뒤에야 삶에 대한 애착은 더욱 짙어졌다. 한때는 짐처럼 무거운 삶으로부터 도망치고 싶었으나, 막상 삶이 나를 떠나려 하자 나는 비로소 그 끝자락을 처절하게 붙잡고 있었다.

검사를 마치고 판독 결과를 기다리는 시간. 병원 복도의 의자는 차가웠고, 길게 뻗은 복도는 마치 불 꺼진 무대처럼 공허했다. '종양'이라는 단어가 머릿속에 박힌 뒤로, 나는 더 이상 환자를 돌보는 간호사가 아니었다. 그저 판결을 기다리는 피고인처럼 초조하게 결과를 기다리는 한 사람의 환자일 뿐이었다. '아, 결과를 기다리는 환자들의 마음이 이토록 시렸겠구나.'

"문경희 님, 진료실로 들어오세요."

첫 번째 MRI 결과가 나오던 날, 의사는 모니터를 뚫어지게 바라보며 고개를 갸우뚱하더니 말했다. "어… 종양이 조금 줄었네요?" '조금'이라는 말은 다 나았다는 확신도, 그렇다고 절망도 아닌 모호한 경계였다. 간호사로서 환자를 돌보면서도 내 머릿속 검은 그림자 앞에서는 한없이 무력했던 내가 아니었던가. 그런데 그 그림자가 희미해졌다니. 비록 미세한 변화였지만, 그것은 내 가슴속에 '어쩌면 다시 살 수 있을지도 모른다'는 희망의 불씨를 지폈다.

의사의 말 한마디는 환자의 영혼을 천국과 지옥 사이로 순식간에 실어나른다. 진료실 문을 열고 나와 복도 의자에 멍하니 앉았다. 아무 말도 할 수 없었다. 혹여나 이 가느다란 희망의 불씨가 입바람에 꺼질까봐 숨조차 조심스럽게 몰아쉬며 하늘을 보았다. 예전엔 차 안에서 밤을 지새우며 "제발 내일 아침이 오지 않게 해달라"고 빌었던 그 입술에서, 이제는 "남은 시간을 허락해주서서 감사합니다"라는 짧고 굵은 기도가 흘러나왔다.

그리고 다시 시간이 흘러 두 번째 검사를 하던 날, 차가운 기계 소음을 견뎌내며 간절히 기도했다. 이윽고 결과지를 들고 나타난 의사의 눈이 평소보다 크게 확장되어 있었다.

"현재 영상에서는 종양이 보이지 않습니다."

단번에 일어난 기적은 아니었다. 꽁꽁 얼어붙었던 내 삶의 겨울이 조금씩, 아주 조금씩 녹아내리더니 마침내 온전한 봄이 찾아온 것이었다. 의학적으로는 도저히 설명하기 힘든 반전이었지만, 내게 그것은 신이 내린 '두 번째 생명'의 증명서였다. 병원 복도를 걸어 나오며 비로소 참았던 숨을 크게 내쉬었다. 이제는 타인을 위해 진심으로 울어줄 수 있는 간호사로, 진짜 살아 있는 인간으로 다시 태어난 기분이었다.

병원 밖 벤치에 앉았다. 의사의 선언을 심장에 새기며 두 손으로 머리를 감싸 안았다. "하나님 아버지, 감사합니다. 경희야, 그동안 정말 고생 많았어." 아이들의 얼굴이 주마등처럼 스쳐 지나갔고, 함께 울고 웃었던 환자들의 목소리가 귓가를 울렸다. 그 순간 깨달았다. 간호사로서 환자들을 돌보고 위로하며 따뜻한 추억을 남기려 애썼던 그 시간들이 사실은 환자들이 나를 살려낸 시간이었다는 것을. 내가 그들에게 내어준 시간들이 고스란히 '보너스 인생'이 되어 내게 돌아온 것 같았다.

발바닥에 닿는 폭신한 흙의 감촉, 뺨을 어루만지는 부드러운 바람, 유난히 높고 푸른 하늘. 나는 한 걸음, 한 걸음, 새로 받은 나의 생 위로 조심스럽게 발을 내디뎠다.

검은 물에서 피어난 하얀 꽃

"경희야, 너는 어떻게 이런 간호사가 되었니?"

어느 날, 암 병동에서 함께 근무하는 동갑내기 동료가 나를 보고 웃으며 물었다. 나는 잠시 생각에 잠겼다가, 무의식중에 이렇게 대답했다. "응, 내가 많이 아파봐서…."

말을 뱉고 나서야 스스로에게 되물었다. 동료가 말한 '이런 간호사' 란 어떤 의미일까. 환자들의 마음에 유독 오래 머무는 사람일까? 아니면 환자 한 사람을 넘어 그 뒤에 있는 가족의 그림자까지 품으려 애쓰는 모습 때문일까? 누군가는 내게 "처음엔 좀 이상하다 싶었는데, 한결같은 모습을 보니 이제 문 선생 스타일을 알겠다"고 말하기도 했다.

처음 간호사 가운을 입고 병원 거울 앞에 섰을 때의 그 눈부신 떨림을 잊을 수 없다. 일 배우느라 숨 가빴던 신규 시절에도 내 가슴 속에는 '나이팅게일'의 사명감이 불꽃처럼 타오르고 있었다. 월급을 쪼개 동생의 대학 등록금을 대던 빠듯한 형편이었지만, 보호자 없이 홀로 죽어가는 폐암 환자의 병원비를 몰래 대신 내주기도 하고, 환자의 찌든 옷가지를 집으로 가져와 빨아다 주기도 했다. 그 마음이 누군가의 입을 통해 전해져 '친절 간호사상'을 받았고, 덕분에 내과 병동 전체가 포상금을 받는 기쁨도 누렸다.

그런데 간호사가 되어 병실 문을 열 때마다, 나는 그곳에서 자꾸만 나의 아버지를 보았다.

아버지는 한때 남을 이끌 만큼 유능하고 총명한 사업가였다. 그러나 사업이 무너진 뒤, 우리는 강원도의 탄광촌으로 이사를 갔다. 아버지는 생전 해본 적 없는 막장 탄광 일을 시작하셨다.

아버지의 절망이 깊어질수록 엄마와 우리 칠 남매의 고통도 짙어졌다. 아버지의 텅 빈 가슴은 술과 도박으로 채워졌고, 우리 남매의 유년기는 마을을 흐르던 탄광물처럼 검게 얼룩졌다.

나는 어린 마음에 그런 아버지를 이해할 수 없었다.

아버지는 삶에 대한 분노를 어린 우리에게 쏟아부었다. 집안이 전쟁터처럼 변해갈 때도, 나는 밤낮으로 고생하는 엄마를 웃게 해주고 싶어 초등학교 4학년 때부터 집 앞에 포장마차를 차렸다. 호떡과 붕어빵, 어묵을 팔며 고사리손을 보탰다. 세 살배기 막냇동생을 돌보느라 6학년 때는 학교를 그만둘 위기도 있었지만, 형편을 가엽게 여긴 담임 선생님 덕분에 교실 맨 뒷자리에서 동생을 업고 공부하며 무사히 졸업할 수 있었다. 수돗물도 나오지 않아 공동 우물에서 물을 길어오고 빨래를 하던 시절이었다. 장갑도 없이 손이 꽁꽁 얼어붙은 채로 일을 했다. 잠을 자는 동안 연탄가스를 마셔서 아침에 의식을 잃었던 순간들이 많았다. 또 자고 일어나면 동네 어딘가에서 곡소리가 들려왔다. 밤사이 막장이 무너져 누군가의 아버지가 돌아가신 것이다. 60년대 이야기가 아니다. 80년대 후반, 내가 겪은 현실이었다.

삶의 날개가 꺾인 아버지는 망가진 몸으로 병원 한 번 가지 못한 채 집에서 앓으셨다. 나는 아주 어릴 때부터 아버지의 기관지에서 끓어오르는 누런 가래를 닦아내고 등을 두드려드렸다. 예민해진 아버지의 비위를 맞추고 쇠약해진 몸을 돌려 눕히는 '간호'의 행위는 누구에게 배우기도 전에 이미 내 몸에 새겨진 본능이었다.

중학교 2학년 겨울, 내가 마주한 생애 첫 시신은 아버지였다. 울부짖음으로 가득했던 한 남자의 인생이 차가운 겨울 땅에 묻혔다. 날씨가 너무 추웠던 탓일까, 눈물조차 얼어붙어 나오지 않았다. 텅 빈 가슴 위로 내리던 하얀 눈발이 꼭 내 눈물 같았다. 그렇게 시린 겨울의 한복판에서 아버지를 보냈다.

꿈조차 사치였던 내게 고등학교 3학년 담임 선생님은 말씀하셨다. "부모가 주지 못한 환경을 원망하기보다, 네 노력으로 다른 삶을 개척해 보렴." 그때 나는 간호사가 되기로 결심했다. 희망이라고는 보이지 않던 탄광촌에서 힘겹게 피워 올린 꽃이었다. 아버지를 돌보고 동생들을 건사하며, 구급차 사이렌 소리가 일상이었던 그곳에서 나는 이미 작은 병원을 경험하고 있었던 셈이다.

마침내 간호학과 합격 소식을 들었을 때, 선생님들은 나를 번쩍 들어 올리며 축하해 주셨다. 내 생애 처음으로 느껴본 성취감이자 순수한 기쁨이었다. 공부를 마치고 처음 입은 하얀 가운은 내 유년의 어둠을 닦아 내라는 삶의 응답처럼 느껴졌다.

지금도 '드르륵' 병실 문을 열면 그곳엔 여전히 나의 아버지가 누워 계신다. 환자들의 깊은 기침 소리에서 아버지의 고단함을 듣고, 그들의 절망 섞인 눈빛에서 꺾여버린 아버지의 날개를 본다. 보호자들의 지친 얼굴 속에서 어린 시절 내 가족의 얼굴을 본다. 수천, 수만 번 환자들의 메마른 손등을 닦아내고 나서야, 나는 비로소 그 시린 겨울날 떠나보낸 아버지를 진심으로 안아드릴 수 있었다. '열심히 살고 싶었을 아버지도 뜻대로 되지 않는 인생이 참 많이 힘드셨겠구나.' 너무 늦게 도착한, 아버지의 삶을 향한 애도였다.

"너는 어떻게 이런 간호사가 되었니?" 다시 들려오는 질문에 마음으로 대답한다. 많이 아파본 덕분에, 타인의 고통 속에 숨겨진 이정표를 읽을 줄 아는 간호사가 되었다고. 내 어린 시절의 검은 탄광물 속에서 하얀 꽃이 피었다. 그 어둠은 환자의 깊은 슬픔 속으로 들어갈 때 나를 이끄는 '검은 등대'가 되었다. 나의 상처를 이불 삼아 누군가의 시린 아픔을 덮어줄 수 있었다.

그리고 내가 누군가의 곁을 지키던 그 시간만큼, 사실은 또 다른 누군가가 내 삶을 붙들어주고 있었다는 것을 이제는 안다. 나는 가만히 서서 나의 하얀 가운을 다시 한번 소중하게 매만져 본다.

6

와우 간호사의 하루

어느 해, 병원에서 열린 '문학의 밤' 행사를 준비하며 나는 펜을 들었다. 암 병동에서 만난 환자들의 얼굴이 하나둘 떠올랐다.

안녕하지 않은 긴 밤을 보내고도 아침이면 먼저 웃으며 인사를 건네던 사람들. 그들의 "안녕하세요" 한 마디는 단순한 인사가 아니었다. 그것은 오늘을 다시 살아보겠다는 다짐이었고, 동료 환자의 마음을 먼저 헤아리는 배려였다.

나는 그들을 돌보는 사람이라 생각해왔다. 하지만 어느 순간 깨달았다. 그 인사와 그 미소가 오히려 나를 살리고 있었음을. 내가 만난 환자들은 자신의 고통보다 동료 환자의 슬픔을 먼저 헤아리며 인사를 건네던 사람들이었다. 타인의 아픔을 어루만지는 그 짧은 인사 속에서, 그들은 자신의 슬픔을 잠시 내려놓고 있었다.

이 시는 바로 그 뒷모습에 대한 경외의 기록이다. 나를 살게 하고, 나를 깨어 있게 했던 그분들의 오늘을 기억하며 꾹꾹 눌러 쓴 마음의 답장이다.

환자들이 나를 살린 하루

안녕하세요? 차마 안녕하지 못한 환우들에게 송구한 미소 살포시 얹어 인사를 건네며 간호사의 하루는 시작됩니다.

식사는 거르지 않으셨는지, 밤새 몸의 소식은 어떠하셨는지, 종일 짓궂게 찾아온 통증이라는 불청객은 몇 번이었는지. 매일 같은 시간, 비슷한 질문을 던져도 다정한 우리 환우들은 성실한 미소로 답을 줍니다.

항암치료 후 울렁이는 속사정과 손발 끝으로 번지는 저릿한 불편감, 맑던 정신까지 태워버릴 듯한 고열의 기세에 서스펜 한 알과 물 한 모금을 건네어 드립니다. 심술궂은 통증을 강한 진통제로 달래놓고 차갑게 식어버린 그 손을, 나의 온기로 가만히 맞잡아 봅니다.

까만 밤을 하얗게 지새우며 침상 머리를 붙들고 베갯잇 적신 붉은 눈망울을 마주할 때면 내 가슴도 함께 웁니다. 말없이 돌아누운 그 뒷모습 속에서 아팠던 내 아버지와 어머니, 오빠와 언니, 그리고 동생의 얼굴이 아른거려 차마 바로 보지 못하고 고개를 돌립니다. 고통의 깊이를 감히 말로 덮을 수 없는 미안함에 병실 문조차 소리 없이 닫고 나오게 됩니다.

피부 밖으로 터져 나온 암세포를 드레싱 하던 날, 아픔도 눈물도 통증도 없는 새 하늘, 그 약속의 땅에 우리 함께 가자고 말하고 싶었습니다. 피가 멈추지 않는 혈관을 기도로 꾹 누르며 두려움에 젖은 눈물을 닦아내던 그 밤을 잊지 못합니다. 다시 이곳의 품이 그립다던 환우의 속삭임에 기다리고 있을 테니 어서 치료받고 돌아오라 했더니, 눈물이 기쁨의 눈동자로 변하는 찰나를 마주하며 감사했습니다.

긴 시간 검사를 받으러 나간 이들을 고대하며 늦은 밤까지 좋은 소식 들고 돌아오기만을 기다립니다. 우수한 성적표를 받아 든 아이처럼 싱글벙글 웃는 환우의 모습에 가슴이 벅차올라 더 열심히 돌봐야지 다짐합니다. 후회 없이 섬길 수 있게 해달라고 하늘 향해 두 손을 모읍니다.

세상의 허다한 사람과 수많은 병원 중에 이기심으로 가득했던 이 작은 그릇을 하늘의 거룩한 일로 불러주셨습니다. 오늘도 꺼지지 않는 등불을 지키는 파수꾼으로, 내일이라는 희망을 선물하는 간호사로 저를 이곳에 세워주셨습니다.

그렇게 하루가 저물면 간호사의 하루도 깊게 익어갑니다. 아쉬움과 미안함이 저녁노을처럼 마음 한편에 물들어갑니다. 쉬는 날에도 환우들의 안부가 궁금해지는 건 몸과 마음이 아픈 이 곁에 늘 머무셨던 그분의 사랑 때문일 것입니다. 간호사로서 나를 비우면 비울수록 하늘 소망으로 채워진 환우들의 참된 미소가 도리어 나를 살립니다.

남편을 위한 기도가, 아내를 위한 노래가, 가족을 향한 간절한 소망이 하늘 문을 열어 치유의 빛으로 이 땅에 쏟아지길. 그 빛에 감동한 암세포들이 기적의 세포로 변하길 기도하며 주사를 놓습니다.

단풍 든 손바닥과 은행나무의 두 갈래 잎새, 하늘을 향한 대자연의 합창이 위로의 강이 되고 용서의 길이 되어 오늘도 감격하는 하루가 되게 하소서. 저는 오늘도 그 사랑에 빚진 자가 됩니다.

당신이 잘 견뎌 주어 또 나의 하루가 익어갑니다. 잘 살아주셔서 감사합니다. 오늘을 잘 견뎌 주셔서 참으로 감사합니다.

문경희

7

최고의 유산, 되찾은 목소리

'세상을 바꾸는 시간 15분, 나도 저 무대에 설 수 있을까.' 교통사고로 침대에 누워 아무것도 할 수 없게 되자, 내 마음은 걷잡을 수 없는 우울의 늪으로 가라앉았다. '다시 간호사로 돌아갈 수 있을까?' 사고는 겨우 지탱하던 내 인생을 다시 한번 거세게 흔들어 놓았다.

병상에 누워 내가 할 수 있는 유일한 일은 '세바시' 강연을 들으며 흩어진 마음을 추스르는 것이었다. 허리와 갈비뼈는 부러졌을지언정, 다행히 나의 입은 여전히 살아 있었다. 그 순간, 그동안 암 환자들에게 곁에서 배웠던 삶의 지혜들이 내 안에서 뜨겁게 요동치기 시작했다.

나는 사고라는 참혹한 현실에 매몰되지 않기 위해, 지금 이 상태로 할 수 있는 일을 찾기로 했다. 무작정 '세바시' 홈페이지에 내 사연을 올렸다. 마침 '세바시 스피치 대학' 12기를 모집한다는 공고가 눈에 들어왔다. '스피치'라는 단어를 보는 순간, 마법처럼 눈이 번쩍 뜨였다.

어린 시절, 산산조각 난 가계家計 속에서도 아버지는 자녀들에게 무엇 하나라도 남겨주고 싶어 하셨다. 아버지가 가장 자신 있었던 '웅변'을 다섯 딸에게 전수하신 것이다. 우리는 아주 어릴 때부터 아버지께 발성법을 배우고 원고를 썼다. 학교 대회가 열리면 어김없이 출전해 상장을 받아왔다. 상장을 건네받을 때마다 환하게 웃으시던 아버지의 모습은 지금도 눈에 선하다.

그 찰나의 웃음을 보기 위해 나는 무대 위에서 목청을 높였고, 청중 앞에서 뱉은 말에 책임을 지기 위해 부단히 노력하며 살았다. 주제에 맞게 원고를 쓰고 대중 앞에 섰을 때, 불가능해 보이던 꿈들이 현실이 되는 기적을 목격하곤 했다. 스피치는 단순히 말하는 기술이 아니라, 자신의 말에 끝까지 책임지려는 삶의 태도였다. 그것은 가난했던 아버지가 내게 남겨준 최고의 유산이었다.

사고로 무력하게 누워버린 나에게 '너는 아직 쓸모 있는 사람'이라는 확신을 주고 싶었다. 그래서 용기를 내어 스피치 과정에 지원했다. 하지만 마음 한편엔 갈등이 일었다. '남들보다 번듯하게 살아야, 혹은 대단한 지식이나 명예가 있어야 무대에 설 수 있는 것 아닐까?' 초라해진 내 행색 때문에 오랫동안 망설였다.

과거에 웃음 치료와 울음 치료 강사로 활동할 때는 내가 꽤 성공한 인생을 살고 있다고 믿었다. 그때는 사람들 앞에서 "어떤 상황에서도 크게 웃으십시오, 감사하십시오"라고 당당히 외쳤다. 그러나 정작 내 삶이 밑바닥까지 깨지고 나니 "이 또한 지나가리라"라는 격언조차 공허했다. 나의 시간은 거칠게 멈춰버렸기 때문이다.

그 정체된 시간 속에서 나를 일으켜 세운 것은 역설적이게도 암 환자들이었다. 죽음의 문턱에서 자신에게 남겨진 시간을 기쁘게 받아들이고, 1분 1초를 감사로 채워가는 그들의 모습은 경이로움 그 자체였다. 나는 그들을 통해 '지금, 이 모습 그대로 충분하다'는 각성을 하게 되었다. 더 이상 미룰 수 없었다. 살아남은 자로서, 나의 생을 다시 일으킨 환자들의 이야기를 세상과 나누어야 한다는 사명감이 불타올랐다.

원고를 준비하며 내 마음속 기억의 방에 머물던 환자들이 한 명씩 걸어 나왔다. 함께 웃고 울었던 그들의 얼굴을 매만지며 나는 다시 그 소중한 시간 속으로 걸어 들어갔다.

사실 그동안 나의 시간은 살아 있어도 죽은 것이나 다름없었다. 하지만 죽음을 향해 뚜벅뚜벅 걸어가는 사람들의 삶은 오히려 생에 대한 애착과 빛으로 가득 차 있었다. 그 따뜻하고 강인한 생의 조각들이 죽어

있던 나를 흔들어 깨웠다.

마지막 시간을 살아가던 이들은 내게 온몸으로 일러주었다. 하루하루가 얼마나 눈부신 선물인지, 가족이라는 존재가 얼마나 따뜻한 품인지, 누군가 내 이야기를 들어주는 것이 얼마나 큰 치유인지….

환자들의 '오늘'이 나의 '시작'이 되었고, 그들의 '마지막'이 나의 '새로운 삶'이 되었다. 나는 이제 그 진실한 마지막 이야기들을 세상에 전하려 한다. 나의 이 고백이, 누군가에게는 다시 시작할 수 있는 새로운 아침이 되기를 간절히 바라며 말이다.

이야기를 하나하나 정리하며 깨달았다. 내가 통과해온 그 모든 고통과 만남의 시간들이 하나의 정교한 연결고리처럼 이어져 있었다는 것을. 내 삶을 할퀴고 간 고난의 파편들은 어느덧 하나의 스토리가 되어, 마치 고통을 견디고 빚어진 진주 목걸이처럼 아름답게 빛나고 있었다. 부서진 줄만 알았던 나의 삶은 단 한 순간도 버릴 것 없는 의미 있는 시간이었다.

두레박은 깊은 우물 속의 물을 조심스레 길어 올리는 오래된 도구다. 내 삶의 가장 깊은 곳에는 환자들이 남기고 간 마지막 하루하루가 고여 있었다. 그 이야기들이 메마르지 않도록 세상 밖으로 옮겨 담을 수 있게 해준 두레박이 바로 '세바시'였다. 기꺼이 내 삶의 마중물이 되어준 환자들, 그리고 그 이야기를 세상에 울려 퍼지게 해준 세바시에 깊은 감사를 전한다.

8

눈부신 오늘을 살다

'세바시' 강연이 끝나고 화려한 조명이 꺼지자, 환호와 박수 소리도 서서히 잦아들었다. 나는 다시 고요한 일상으로 돌아왔다. 하지만 예전의 내가 아니었다. 나는 더 이상 내가 '쓸모 있는 사람인가'를 증명하려 애쓰지 않는다. 이미 내가 누군가의 삶에 지워지지 않는 흔적으로 남았음을 확인했기 때문이다.

그날 강연장에는 교통사고로 함께 병실을 썼던 환자분이 어느덧 건강해진 모습으로 찾아와 나를 응원해주었다. 몸도 성치 않은 환자와 보호자들이 오겠다는 것을 한사코 말렸건만, 딸은 직장에 휴가까지 내고 맨 앞자리에 앉아 오열하며 나의 강연을 영상으로 담아주었다. 삶의 불안과 두려움 속에서 함께 버텼던 그 지독한 시간들이 이제는 내가 다시 살아가야 할 가장 강력한 이유가 되어있었다.

무대 위에서 나를 살린 환자들의 이야기를 전한 뒤, 수많은 메시지가 쏟아졌다. "나도 남을 살리는 의미 있는 삶을 살고 싶어졌어요." "와우 간호사님, 우리에게 새 소망을 주셔서 감사합니다!" "시련 속에 힘이 있다는 말에 눈물이 났습니다." "오늘이 누군가에게는 그토록 간절히 살고 싶었던 하루라는 걸 깨달았습니다." "마지막까지 존엄을 지키다 떠나신 분들을 존경하며, 그분들 대신 저도 잘살겠습니다." 가장 친한 친구는 "얼마 전 입원했을 때 나를 돌봐준 간호사들이 떠올라 눈물이 났어. 그분들에게도 각자의 사정이 있었을 텐데…"라며 진심 어린 마음을 전해왔다.

수많은 암 환자와 보호자들의 연락 중에서 가장 오래 멈춰 서게 한 글은, 삶의 벼랑 끝에 서 있던 친척 오빠의 고백이었다. "남을 죽이면 나도 죽고, 남을 살리면 나도 산다. 그래서 나는 남을 살리는 길을 선택하기로 했다." 그 짧은 문장은 나를 향한 칭찬 그 이상의 위로였고, 지금의 나를 향한 고요한 인정이었다.

딸은 "엄마, 정말 멋지다"라는 문자 뒤에 직장 동료들과 강연 영상을 함께 보았다는 소식을 전해왔다. 아들 역시 "엄마 멋져! 우리 힘든 일 있어도 앞으로 나아가자. 행복하자!"라며 자신의 일상에 영상을 공유했다. 부족한 엄마로 인해 마음의 생채기를 앓으며 자랐던 아이들이 어느덧 나를 응원하는 든든한 어른이 되어있었다.

아이들의 진심이 담긴 문자를 보고 또 보았다. 뺨을 타고 흐르는 눈물이 뜨거웠기에 이것이 꿈이 아님을 알았다. 그동안 혼자 흘렸던 수많은 눈물을 닦아주는 세상에서 가장 부드러운 손수건이자, 내 인생에서 가장 값진 훈장이었다.

나는 나의 고통이 모두 헛된 것인 줄만 알았다. 도무지 지나갈 것 같지 않던 묵직한 어둠의 시간이었다. 하지만 그 깊은 어둠은 뜨거운 감사의 눈물과 단단한 생명의 열매가 되어 돌아왔다. 나는 그저 나의 상처를 정직하게 드러냈을 뿐인데, 누군가는 그 흉터를 보고 다시 삶을 붙잡을 용기를 얻었다고 말한다. 그 길을 함께 걷고 싶다고 손을 내민다.

나의 삶은 여전히 완벽하지 않다. 사고의 후유증은 불쑥불쑥 고개를 들고, 모든 걸음은 여전히 조심스럽다. 그럼에도 이제는 안다. 내 이야기가 누군가의 메마른 가슴에 마중물이 될 수 있다면, 나의 생은 결코 헛되지 않다는 것을.

나를 살린 것은 결국, 내가 살리고자 했던 사람들이었다. 이 기록이 나의 회복을 증명하는 일기이자, 누군가에게는 삶을 다시 붙잡게 하는

작은 증거가 되기를 소망한다. 나는 오늘도, '와우 간호사'로서 내게 주
어진 눈부신 오늘을 기쁘게 살아내는 중이다.

우리가 함께 건너온 계절

이 책의 '글을 시작하며'에서 나는 고백했다. 나태주 시인의 시 「행복」을 읽으며 참으로 오래도록 울었노라고. 그때의 나는 온전히 살아 있었다기보다, 하루라는 거대한 파도를 온몸으로 버티고 있을 뿐이었다.

이 책의 시작은 그렇게 주저앉아 울고 있던 나의 절망이었다. 하지만 마지막 원고를 마치는 지금, 나는 비로소 깨닫는다. 이 이야기는 결코 나 혼자 써 내려간 외로운 기록이 아니었음을. 병실이라는 좁고도 깊은 공간에서 만난 환자들은 산산조각 났던 내 삶을 그들의 눈빛과 언어로 다시 빚어주었다. 그들은 나의 환자가 아니었다. 오히려 내 삶의 상처를 보듬어준 가장 위대한 치료자들이었다.

고통의 한복판에서도 '왜 살아야 하는지'를 끝내 놓치지 않았던 사람들, 육신은 서서히 무너져가면서도 삶의 이유만은 등불처럼 더 또렷해지던 사람들. 나는 그들에게서 배웠다. 살아야 할 '이유'를 아는 사람은 어떤 고통도 기어이 견뎌낼 수 있다는 것을.

그래서 나는 이제 그「행복」이라는 시를 다시 읽어도 울지 않는다. 이제 나에게는 돌아갈 집이 있고, 힘들 때 떠오르는 얼굴들이 있고, 외로울 때 함께 부를 노래가 있다. 길고 긴 어둠의 터널을 통과하며 '지금 이대로의 나도 충분히 괜찮다'는 나만의 행복을 마침내 만났기 때문이다.

나는 혼자서는 살아낼 수 없는 사람이었다. 내가 다시 봄을 맞도록, 숨 쉴 수 있도록 도와주신 많은 분들이 계셨기에 오늘이 가능했다.

내가 어둠 속에 갇혀 길을 잃었을 때, 조용히 곁을 지켜준 분들이 계셨다. 화려한 말보다 따뜻한 손과 발로 내 곁을 지켜준 목회자 부부, 그리고 스스로를 위해 기도할 힘조차 남아 있지 않던 날들에 내 이름을 불러주며 대신 울어준 지인들과 사랑하는 가족, 공동체의 사람들이 있었다. 그 간절한 기도는 거대한 빛이 되어 내 어둠을 이길 힘을 주었다.

"우리가 널 위해 무엇을 도와주면 좋을까?" 부모의 빈자리를 채우며 내 아이들에게 기꺼이 따뜻한 '참어른'이 되어주신 분들께도 감사를 전한다.

집에 불이 났던 날, 가장 먼저 달려와 함께 불을 끄고 흩어진 물건들을 묵묵히 정리해 주던 손길이 있었다.

질병과 사고로 침상에서 몸을 가누지 못했던 시기에 내가 다시 일어나 걸을 때까지 정성을 다해 치료해준 의료진과 물리치료 팀원들께 진심을 담아 감사드린다. 무릎 수술로 걷지 못할 때 휠체어를 밀어주고, 따뜻한 떡국을 끓여주던 아이들의 손길을 잊지 못한다. 서툴렀던 엄마가 스스로를 추스르고 살아낼 때까지 묵묵히 기다려준 나의 딸과 아들에게 진심을 가득 담아 사랑한다고 말하고 싶다.

그리고 이제야 나직이 고백해 본다. 그 시린 계절의 한가운데서 내가 너무 힘이 들어 미처 그 이름을 부르지 못했을 때조차, 이미 내 곁에 먼저 와 계셨던 나의 하나님이 계셨음을.

이 책은 결코 누군가의 영웅담이 아니다. 우리가 함께 모진 계절들을 버텨낸 뜨겁고도 치열한 시간의 기록이다. 들꽃처럼 소박하게 피어나 불꽃처럼 뜨겁게 살아낸 우리 환자들의 이야기다. 환자와 간호사라는 이름으로 만났던 우리가 이제는 서로의 삶을 진심으로 응원하는 사이로 마주할 수 있다는 것, 그것이 내 생애 최고의 기적이다.

이 소중한 이야기들이 세상 밖으로 나올 수 있도록 환자들의 숨결 하나

하나를 끝까지 귀하게 여겨주신 파람북 정해종 대표님과 관계자분들께 고개 숙여 감사드린다.

다시 어떤 모진 계절이 찾아온다 해도 이제는 두렵지 않다. 우리는 보이지 않는 끈으로 연결되어 있고, 끝내 함께 건너갈 것임을 나는 믿는다.

나는 그 시간을 지나며 내가 왜 살아야 하는지를 비로소 알게 되었다. 남을 살리는 마음이 결국 나를 살리는 길임을 믿는다. 환자들에게 배운 그 숭고한 눈빛과 인사를 가슴에 품고, 나는 앞으로도 기쁨의 탄성을 자아내는 '와우wow 간호사'로 살아갈 것이다.

나는 이제 안다. 안녕하지 않았던 나의 계절들도 결국은 나를 여기까지 데려온 시간이었음을.

그래서 나는 오늘, 그 아팠던 날들에게 먼저 인사를 건넨다.

수고했다.

참 많이 애썼다.

그리고 이제 이 책을 덮는 당신과 우리의 오늘과 내일을 향해 손을 흔든다.

기어이 살아내어 눈부신 오늘을 건너온 당신에게.

"안녕."

안녕하지 않은 날들에 대해 안녕

암 병동 간호사가 기록한 삶과 죽음 사이의 이야기

초판 1쇄 인쇄   2026년 3월 18일
초판 1쇄 발행   2026년 3월 25일

지은이   문경희
펴낸이   정해종

펴낸곳   (주)파람북
출판등록   2018년 4월 30일 제2018-000126호
주소   경기도 파주시 회동길 480 아트팩토리엔제이에프 B동 222호
전자우편   info@parambook.co.kr
인스타그램   @param.book
페이스북   www.facebook.com/parambook/
대표전화   031-935-4049

편집   현종희
디자인   이승욱

ISBN   979-11-7274-086-3 03810

- 책값은 뒤표지에 있습니다.
- 이 책은 저작물 저작권법에 따라 보호받는 저작물이므로 무단 전재와 복제를 금하며,
  이 책 내용의 전부 또는 일부를 이용하시려면 반드시 저작권자와 (주)파람북의 서면 동의를 받아야 합니다.